Os arquivos filosóficos

Os arquivos filosóficos

Stephen Law

Ilustrações de Daniel Postgate
Tradução de Marina Appenzeller

SÃO PAULO 2014

Esta obra foi publicada originalmente em inglês com o título
THE PHILOSOPHY FILES *por Orion Children's Books,*
parte da Orion Publishing Group Ltd. 5 Upper St. Martins Lane, Londres.
Copyright © Stephen Law 2000 para o texto.
Copyright © Daniel Postgate 2000 para as ilustrações.
Ficam garantidos os direitos de Stephen Law e Daniel Postgate de serem reconhecidos,
respectivamente, como autor e ilustrador desta obra.
Copyright © 2003, Editora WMF Martins Fontes Ltda.,
São Paulo, para a presente edição.

1ª edição 2003
2ª edição 2010
2ª tiragem 2014

Tradução
MARINA APPENZELLER

Acompanhamento editorial
Luzia Aparecida dos Santos
Revisões gráficas
Maria Regina Ribeiro Machado
Maria Fernanda Alvares
Dinarte Zorzanelli da Silva
Produção gráfica
Geraldo Alves
Paginação/Fotolitos
Studio 3 Desenvolvimento Editorial

Dados Internacionais de Catalogação na Publicação (CIP)
(Câmara Brasileira do Livro, SP, Brasil)

Law, Stephen
  Os arquivos filosóficos / Stephen Law ; ilustrações de Daniel Postgate ; tradução Marina Appenzeller. – 2ª ed. – São Paulo : Editora WMF Martins Fontes, 2010.

  Título original: The philosophy files
  ISBN 978-85-7827-248-7

  1. Filosofia – Literatura infantojuvenil 2. Pensamento I. Postgate, Daniel. II. Título.

10-00875   CDD-028.5

Índices para catálogo sistemático:
  1. Filosofia : Literatura infantojuvenil   028.5

Todos os direitos desta edição reservados à
Editora WMF Martins Fontes Ltda.
Rua Prof. Laerte Ramos de Carvalho, 133 01325.030 São Paulo SP Brasil
Tel. (11) 3293.8150 Fax (11) 3101.1042
e-mail: info@wmfmartinsfontes.com.br http://www.wmfmartinsfontes.com.br

Para Taryn

Muitas pessoas me ajudaram neste livro. Sophie Walker (de 13 anos) contribuiu com comentários valiosíssimos. Gostaria de agradecer também aos seguintes adultos: Taryn Storey, Justine Burley, Mick O'Neill, Miranda Fricker, Geoff Mees e Janice Thomas. E devo agradecimentos especiais à minha mãe, Maureen.

Sumário

Grandes questões

Arquivo 1
Devo comer carne? 11

Arquivo 2
Como saber se este mundo é virtual ou não? 41

Arquivo 3
Onde estou? 71

Arquivo 4
O que é real? 97

Arquivo 5
Será que é possível pular no mesmo rio duas vezes? 123

Arquivo 6
De onde vêm o certo e o errado? 145

Arquivo 7
O que é a mente? 177

Arquivo 8
Deus existe? 207

Jargão filosófico 241

Grandes questões

Aqui estou eu, escalando uma montanha.

Uma das razões pelas quais gosto de escalar montanhas é que, quando me sento lá em cima, puxando e soltando a corda enquanto um companheiro sobe, posso contemplar a paisagem e pensar.

No que penso? Bem, olhar as coisas tão de cima permite uma visão diferente do mundo. Em vez de ser atropelado pelas situações de minha vida cotidiana, em geral acabo pensando coisas como: de onde veio o universo? Existe vida após a morte? Deus existe? O que faz com que as coisas sejam certas ou erradas? Será que minha vida inteira não passou de um sonho?

Estas são questões *filosóficas*. Estão entre as maiores e mais perturbadoras perguntas que já foram feitas. E a humanidade debate-se com elas há milhares de anos.

Tenho certeza de que você já se fez essas perguntas. Se fez, este livro é para você.

Os arquivos filosóficos

É claro que alguns livros religiosos afirmam ter respostas para essas e outras questões filosóficas. Mas é importante dar-se conta de que este *não* é um livro religioso. É um livro filosófico. Um livro que o estimula a se fazer perguntas e descobrir as coisas sozinho.

O texto é dividido em oito capítulos, ou *arquivos*, cada um abordando um tema filosófico diferente. Você *não precisa* começar pelo começo. Pode pular para onde quiser, dependendo da questão que mais chamar sua atenção.

E lembre-se: a coisa mais importante em filosofia é *pensar por si mesmo*. Você não precisa concordar comigo em nada. Na verdade, é até possível que você ache que cometi erros ou enveredei pelo caminho errado aqui e ali.

Muitas questões filosóficas podem ser um pouco assustadoras de pensar. E essa é uma das razões pelas quais as pessoas não gostam de pensar nelas — preferem ficar onde se sentem seguras. Mas, se você for um pouco como eu, vai apreciar o desafio, a excitação e a sensação de vertigem que o pensamento filosófico pode oferecer. Então, prepare-se para a jornada aos limites externos do pensamento. Pois estamos quase abrindo...

Os arquivos filosóficos.

Arquivo 1

Devo comer carne?

A história de Errol, o explorador

Errol era um explorador. Adorava navegar pelos mares em busca de novas terras.

Em uma de suas viagens para o norte, não muito longe de onde começam as geleiras, ele descobriu uma pequena ilha montanhosa coberta por uma floresta. Decidiu abandonar a tripulação no navio e, a bordo de um pequeno bote, remou sozinho até a praia.

Errol levou provisões consigo: limonada e sanduíches. Naquela noite, dormiu à beira-mar em uma rede que pendurou entre dois grandes pinheiros.

No dia seguinte, Errol entrou na floresta. Após mais ou menos uma hora de caminhada, começou a ver sinais de vida humana. Havia clareiras na mata e áreas de queimadas que lembravam antigas fogueiras de acampamentos. Errol ficou animado com a perspectiva de descobrir uma nova tribo.

Finalmente, depois de sete horas, chegou a uma clareira maior. Nela, havia três pessoas vestidas de maneira estranha.

Os três estranhos trajavam túnicas roxas e usavam chapéus vermelhos esquisitos com a forma de triângulos de cabeça para baixo. Estavam de pé em silêncio, examinando-o de cima a baixo. Parecia que estavam esperando por ele.

Errol ergueu a mão em sinal de amizade. Os três estranhos começaram a conversar entre si. Surpreso, Errol descobriu que conseguia entender o que eles estavam dizendo, porque a língua que falavam era muito parecida com uma outra, que ele conhecia, falada em uma ilha próxima dali.

Então, horrorizado, Errol começou a entender o que os três estranhos estavam planejando. Estavam dizendo o seguinte:

— Ele é bonito e grande, acho que dá para todos, não dá?

— Dá. Que músculos firmes! Deve ser muito saboroso.

— Mas o cérebro é meu. Sempre fico com os cérebros. São a melhor parte.

— Está bem, está bem, o cérebro é seu. Vamos prepará-lo.

Os três estranhos eram *canibais*: gente que come gente. Começaram a avançar na direção de Errol, e só então ele percebeu que os canibais estavam armados de facas, porretes e cordas.

Errol tentou fugir, mas os três eram mais rápidos que ele. Quando deu por si, estava quase nu e amarrado como um peru, pendurado em uma vara suspensa por duas estacas, sob a qual se erguiam troncos e gravetos arrumados para se acender uma fogueira.

Devo comer carne?

Tudo sugeria que estavam planejando fazer um churrasco de Errol.

Ele virou a cabeça para enxergar mais à sua volta e viu que estava em um salão. Ao seu redor havia muito mais daquela gente vestida de maneira estranha. Olhavam para ele em silêncio. Alguns lambiam os beiços.

Então, uma mulher aproximou-se com um facão.

— Espere! — disse Errol.

Todos ficaram boquiabertos. Estavam surpresos por constatar que Errol falava a língua deles.

— Por favor, não me comam — pediu Errol.

— Por que não? — perguntou a mulher com o facão.

— Porque é *errado*, será que vocês não entendem? — disse Errol.

— Não, não entendo — disse a mulher. — Por que é errado?

— Vocês não *precisam* me comer, precisam? Todos aqui parecem bem alimentados. Comam outra coisa. Raízes, grãos, uma ave, sei lá.

A mulher pareceu confusa.

— Mas nós gostamos de comer gente. É uma carne saborosa. Por que não haveríamos de comer?

— Está certo. Então, por que não comem uns aos outros?

— Mas nenhum de nós quer morrer. Logo, é melhor comer *você*.

— Mas eu não quero morrer! Sou um ser vivo! E gosto da vida que levo. É muito errado interromper minha vida só para que vocês se deliciem me comendo.

Houve quem concordasse.

— Talvez ele tenha razão — disse um deles.

Errol achou que os estava quase convencendo a não comê-lo, quando a mulher com o facão se abaixou, enfiou as mãos na mochila de Errol e de dentro dela tirou uma garrafa de limonada e um envelope pardo. Do envelope pardo, caiu um sanduíche comido pela metade.

— Então, o que é isso?

— É meu almoço.

— Sim, mas o que é isso?

— É um sanduíche. Um sanduíche de carne.

— Carne que pertencia a algum animal vivo?

— Bem, sim. Quer dizer, acho que sim.

— Era um ser vivo, que gostava da vida, que não queria morrer e mesmo assim foi morto, só para que você se deliciasse com a carne dele?

Errol entendeu onde ela queria chegar.

— Sim, mas era apenas um *animal*. E é certo comer animais. Mas é errado comer homens. Os homens são diferentes.

— Mas o homem também é um animal. Por que é errado comer homens e não é errado comer animais que não são homens?

Errol não sabia o que responder à mulher canibal.

— É porque é e pronto, compreendeu? — disse Errol.

Mas eles não compreendiam.

— Não, não compreendemos — disse a mulher. — Explique-nos, por favor.

Errol precisava encontrar urgentemente uma *razão* para explicar por que é correto matar e comer uma vaca e não é correto matar e comer um animal humano.

Sabem que Errol não conseguiu pensar numa boa razão? Então, os canibais mataram-no e cozinharam-no. Depois comeram-no. Em seguida atacaram as coisas dele. Encontraram algumas mentas com cobertura de chocolate bem gostosas. Sentaram-se em roda para comer as mentas e conversar.

A grande questão

A pergunta que os canibais fizeram a Errol foi: *Por que é errado matar e comer animais humanos, mas não é errado matar e comer animais não-humanos?*

Claro que muita gente concorda com Errol que, enquanto é muito errado matar e comer um ser humano, não há nada errado em matar e comer outros tipos de animais.

Mas também existem muitas pessoas que acreditam que, se é errado matar e comer seres humanos, também deve ser errado matar e comer animais não-humanos. E elas diriam que é *sempre* errado matar qualquer animal pelo prazer de comê-lo.

Eu como carne. Mas será que deveria? Será que estou fazendo uma coisa moralmente errada? Se acredito que é errado matar e comer seres humanos (e, *sem dúvida*, acredito que é errado) mas que não é errado matar e comer não-humanos, parece que, pelo menos, eu deveria encontrar uma diferença entre um e outro que justifique eu tratá-los de modo tão diferente.

Mas *qual é essa diferença?* Essa é minha grande questão para este capítulo. É a pergunta que Errol não conseguiu responder.

Vegetarianos

Como eu disse, existem muitas pessoas que acreditam que é errado matar *qualquer* espécie de animal só para comê-lo. Muitas dessas pessoas são *vegetarianas*. Elas só se alimentam de verduras, frutas, legumes, grãos, etc. e de alguns produtos de origem animal, como leite, queijo e ovos.

Outros vão ainda mais longe. Não consomem nem utilizam produtos de origem animal de espécie alguma. Nem sequer usam sapatos de couro. São os *vegetarianos radicais*.

Outros motivos para ser vegetariano

Nem *todos* os vegetarianos renunciam à carne só porque acreditam que é moralmente errado matar um animal pelo prazer de comê-lo. Existem outras razões pelas quais as pessoas se tornam vegetarianas.

Eis uma delas. Muita gente acredita que uma criação de galinhas seja assim:

Mas, na verdade, a maioria das galinhas que comemos são criadas mais nestas condições:

Devo comer carne?

Este tipo de criação é às vezes chamado de *criação em escala industrial* porque implica a produção de animais em massa mais ou menos da mesma maneira que uma fábrica de automóveis produz automóveis em massa.

As galinha criadas dessa maneira muitas vezes nunca vêem a luz do sol. Nem uma árvore. Só vêem milhares e milhares de galinhas amontoadas a seu redor.

Segundo muitos vegetarianos, essa é uma maneira bem cruel e nada delicada de tratar outros seres vivos. Eles também alegam que a criação em massa de outros tipos de animais não é em geral nada delicada.

Aqui está, portanto, outra razão que muitos vegetarianos dão quando lhes perguntam por que não comem carne. Eles argumentam que, se já é errado abater animais para comer a sua carne, é duplamente errado criá-los e mantê-los em condições bárbaras e cruéis.

Neste capítulo, contudo, prefiro centrar a questão nesta única razão que os vegetarianos apresentam para não comer carne: *é moralmente errado matar um animal pelo prazer de comê-lo*. Chamarei os que renunciam à carne pelo menos por esse motivo de vegetarianos "morais". Agora, vamos esclarecer um pouco mais as objeções e as não-objeções dos vegetarianos morais.

O caso de Zoe, a caçadora

A maior parte da carne que consumimos é produzida em granjas e fazendas de criação. Mas há exceções.

Esta é Zoe, uma caçadora astuta e implacável que vive na floresta.

Zoe só come a carne dos cervos que ela própria mata. E só caça cervos selvagens, que existem em grande número na floresta onde mora. Zoe também tem o cuidado de atirar nos animais com precisão e acuidade para que eles tenham uma morte sem dor. O animal não sofre de jeito nenhum. E ela só mata animais adultos que já tiveram uma vida longa e feliz.

Zoe está errada em fazer o que faz?

É verdade que o cervo que Zoe consome não é produzido em condições de crueldade e sofrimento, como se acredita que sejam as galinhas nas granjas industriais. Não haveria, portanto, nenhuma razão moral particular para não matá-lo e comê-lo.

Mas os vegetarianos "morais" *ainda* considerariam moralmente errado o que Zoe faz. Porque eles dizem que sempre é errado interromper deliberadamente a vida de uma criatura viva consciente — uma criatura capaz de usufruir a vida — pelo simples prazer de alguém comer sua carne.

O caso do acidente automobilístico de Harry

E que tal este caso? Harry é um motorista cuidadoso. Certa noite, porém, sofreu um acidente na estrada. Atropelou e matou acidentalmente, a caminho de casa, um cervo selvagem. Harry não pôde fazer nada. O animal apareceu de repente na frente de seu carro.

Devo comer carne?

Seria correto Harry comer esse cervo? Afinal, o animal foi morto por acidente.

De fato, os vegetarianos morais, que só são vegetarianos porque acreditam que não é certo massacrar um animal pelo simples prazer de comer sua carne, não fariam objeção a que Harry o comesse. Eles diriam que era uma pena o cervo ter sido morto, mas não diriam que Harry fez algo moralmente errado. O ponto é que Harry não matou o animal *de propósito* para comê-lo. Sua morte foi um acidente.

Então, vale lembrar que os vegetarianos "morais" não dizem, necessariamente, que *sempre* é moralmente errado comer carne.

Os canibais do acidente de avião

Existe um animal que todos concordam ser errado matar para comer sua carne: o animal homem. Quase ninguém acha (exceto, talvez, os canibais de Errol) moralmente aceitável matar seres humanos para comê-los.

Eu, no entanto, acredito que, para a maioria de nós, não seria errado comer carne humana se a pessoa morresse acidentalmente ou se a opção fosse comer carne humana ou morrer de fome. Às vezes isso pode acontecer.

Há alguns anos, um avião de passageiros caiu nos Andes. Os sobreviventes ficaram ilhados no topo de uma montanha cercados de gelo e neve, a quilô-

metros de distância de qualquer povoado humano. Ninguém apareceu para resgatá-los. Em pouco tempo, eles consumiram os poucos alimentos de que dispunham. Começaram a passar fome. Se não comessem, morreriam.

Então os sobreviventes comeram os corpos dos que morreram no acidente. Foi a maneira que eles encontraram de permanecer vivos. Não foi sem *repugnância* que eles tomaram essa decisão. Mas não creio que ela tenha sido moralmente errada. Nem os vegetarianos morais teriam alguma objeção a fazer. (Aliás, ouvi dizer que a carne humana lembra levemente a do frango e que o antebraço é o melhor pedaço.)

Até agora estivemos examinando a pergunta da mulher canibal: por que é errado matar e comer a carne de seres humanos, e não é errado matar e comer não-humanos? E também examinamos a argumentação dos vegetarianos morais de que é sempre errado matar de propósito um animal capaz de desfrutar a vida pelo prazer de comê-lo.

Será que os vegetarianos morais têm razão? Não tenho certeza. Tenho de admitir que considero muito difícil explicar por que é moralmente errado matar e comer seres humanos e *não é* moralmente errado matar e comer não-humanos.

Examinemos agora alguns argumentos usados para defender o consumo da carne.

Discussão de restaurante

Não faz muito tempo, fui a um restaurante com duas amigas, Aisha e Carol. Carol estava comendo um hambúrguer.

Devo comer carne?

Não demorou e Aisha e Carol iniciaram uma discussão sobre as implicações morais de comer carne. A discussão transcorreu mais ou menos assim:

Carol: Hum, este hambúrguer está delicioso!

Aisha: Que horror! Ele era um ser vivo consciente, Carol. E sua vida acabou só para você comer seus músculos e outros pedaços moídos e grelhados no pão. Que mau gosto!

Carol: Mas eu *gosto* de carne. Por que eu deveria deixar de comer?

Aisha: Porque é *errado*, Carol. É errado matar um ser vivo capaz de usufruir a vida só porque você gosta de comê-lo. Você poderia comer um hambúrguer de carne vegetal como o meu. É tão gostoso quanto o seu.

Carol: Não é, não! É mole e tem um gosto esquisito. Eu gosto do verdadeiro.

Carol continuou comendo seu hambúrguer, e Aisha ficou olhando para ela com ar de desaprovação. Depois de um tempo, Carol irritou-se por Aisha estar olhando-a daquele jeito. Carol começou a tentar defender o fato de comer carne.

O primeiro argumento de Carol: deve ser certo porque a maioria acha que é

Aqui está o primeiro argumento de Carol.

Carol: Olhe, Aisha. A maioria das pessoas concorda comigo, e não com você. Não acha que há nada de muito errado em comer carne. Não se sente mal com isso. Se houvesse de fato algo moralmente errado com o fato de comer carne, as pessoas *se sentiriam* mal, não é verdade? Então não pode haver nada de errado nisso.

Aisha não se convenceu.

Aisha: Eu concordo que a maioria das pessoas neste país não acha errado matar animais só pelo prazer de comer a carne deles. Mas só porque são a maioria não significa que tenham razão. Afinal, não faz muito tempo, em muitos países, a maioria achava *a escravidão* moralmente aceitável. Achava que certas raças eram inferiores e que, portanto, as pessoas dessas raças podiam ser usadas como escravos pelo resto. Hoje em dia, vemos que a escravidão é muito errada. Portanto, a maioria estava simplesmente enganada sobre o que é errado. A maioria também pode estar enganada a respeito da moralidade de comer carne.

Eu concordo com Aisha. O fato de a maioria das pessoas achar certo matar e comer animais não faz com que tenham razão. Talvez, um dia — digamos, daqui a uns duzentos anos —, consideraremos como tratávamos os animais no passado e ficaremos horrorizados, como nos horrorizamos hoje com a escravidão. Talvez consideremos então que aquilo que a maioria achava moralmente aceitável era de fato muito errado.

O segundo argumento de Carol: comer carne é natural

Carol não desistiu. E veio com um segundo argumento em defesa do consumo de carne.

Carol: Olhe, Aisha, comer carne é *natural* para nós. Nós *fomos projetados* para comer carne.

Devo comer carne?

Então, Carol abriu a boca e mostrou a Aisha os dois dentes pontudos nos cantos de sua boca.

Carol: Está vendo estes dois dentes? São os *caninos*. Você também os tem. *Foram projetados para comer carne*. Todos os carnívoros os têm. Só estou fazendo o que é natural.

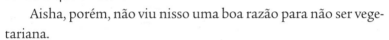

Aisha, porém, não viu nisso uma boa razão para não ser vegetariana.

Aisha: E daí? O fato de ser natural para nós comer carne não torna isso mais *certo*, torna? Há muitas coisas que seriam naturais para nós e que são moralmente erradas. Como brigar e matar um ao outro? Este tipo de comportamento violento parece ocorrer naturalmente em nós, humanos. Mas não significa que ele seja moralmente aceitável. Não temos a *necessidade* de comer carne. Podemos passar muito bem com uma dieta vegetariana. O que você está fazendo é *errado*.

Mais uma vez, acho que Aisha está com a razão. O fato de uma coisa ser natural para nós não significa que ela seja moralmente aceitável.

Algumas pessoas talvez argumentassem que não é natural os seres humanos comerem carne, como *não seria saudável* deixar de comê-la. Precisamos de carne para manter a saúde. Mas isso não é um fato comprovado. Existem milhões de vegetarianos no mundo. Os budistas, os hindus e jainistas não comem carne e parecem perfeitamente saudáveis.

De qualquer forma, mesmo que seja verdade que necessitamos de um pouco de carne para nos mantermos nas melhores condições, nem de longe teríamos necessidade de toda a carne que consumimos. E ainda que um pouco de carne fosse indispensável para a manutenção de uma saúde perfeita, isso não significa que *devemos* comê-la. Poderíamos muito bem desenvolver suplementos alimentares: comprimidos que contivessem o que não obteríamos se deixássemos de comer carne. E, mesmo que não pudéssemos produzir esses comprimidos, isso ainda não significaria que é moralmente aceitável comer carne. Talvez fosse o caso de nos conformarmos em sermos um pouco menos saudáveis. Quem sabe seja este o preço a pagar para fazer a coisa certa.

Mas, como eu já disse, não há provas de que ser vegetariano *é* menos saudável do que comer carne.

O terceiro argumento de Carol: os animais são criados para serem comidos

Carol ficou mastigando em silêncio por um tempo. Ela certamente não achava que o que estava fazendo era errado. Então, tentou um terceiro argumento.

Carol: Tudo bem, Aisha, então você está preocupada com os seres vivos conscientes, não é?

Aisha: É. Eu não acredito que um ser vivo capaz de usufruir a vida deva ser morto de propósito só porque estamos a fim de comer a carne dele.

Carol: Mas o animal que eu estou comendo foi *criado* para ser comido. Só estava vivo porque o homem o criou.

Aisha: Suponho que é verdade, e daí?

Carol: Nós, consumidores de carne, demos vida a este animal. Então, de certo modo, nós lhe fizemos um favor. É verdade que acabamos com sua vida mais cedo para comê-lo. Mas, seja como for, houve uma vida que não teria ocorrido se não comêssemos carne. Portanto, pondo isso na balança, a criação de animais para o abate é uma coisa *boa*, e não uma coisa ruim.

Devo comer carne?

Aisha: Não. Você está enganada. Imagine alguns marcianos fazendeiros. E que esses fazendeiros criam seres humanos. E que esses marcianos são criadores muito conscientes. Criam os humanos num planeta deles — a Terra — onde os animais humanos têm uma vida plena e feliz. Como as vacas nos pastos, nós — humanos — não percebemos que estamos sendo criados.

Carol: E por que os marcianos nos criam?

Aisha: Porque eles gostam da nossa carne! Você já ouviu falar de humanos que simplesmente desaparecem de vez em quando? Na verdade, são raptados por marcianos. E comidos. Os marcianos vêm até aqui com seus discos voadores para buscar carne, da mesma maneira que nós vamos ao supermercado de carro.

Não há nada que agrade mais aos marcianos do que se empanturrar de suculento hambúrguer de carne humana ao fim de um longo dia.

Carol: Argh! Que coisa *horrível*! Pare com isso, estou comendo. Você não poderia ao menos esperar eu terminar de comer?

Aisha: Então você acha isso horrível, não acha?

Carol: Acho sim.

Aisha: Então olhe para si mesma. Aí está você comendo um animal que foi criado e morto só para você degustá-lo no pão. Por que isso é menos horrível? Acho as duas situações *igualmente horríveis*.

Carol: Não são não.

Aisha: Você não disse que era certo comer animais porque eles eram criados para ser comidos? Na minha história, os marcianos também nos criam para sermos comidos. Então, que há de errado no fato de os marcianos nos comerem?

O quarto argumento de Carol: os animais não são inteligentes

Carol: Tudo bem. Admito que só o fato de criarmos animais para comer não torna certo comê-los. Mas os animais são diferentes de nós. São menos inteligentes do que nós. Não têm sentimentos como nós. Não têm o senso do certo e do errado. É por isso que não tem importância matá-los e comê-los.

O que você acha desse argumento? Pode o fato de os animais serem menos inteligentes que nós, menos sofisticados emocionalmente que nós e desprovidos de senso do certo e do errado tornar certo comê-los? Aisha, definitivamente, discordou.

Aisha: Então está certo comer seres menos inteligentes do que nós? Está certo comer seres que não têm os mesmos tipos de sentimentos que nós?

Carol: Está.

Aisha: Então, suponha que, por causa de uma doença qualquer, muitos bebês humanos nasçam diferentes do resto de nós. Que eles sejam menos inteligentes. Que sejam no máximo tão inteligentes quanto um animal mais ou menos inteligente: um porco, por exemplo. Não conseguem aprender a falar e, como os porcos, só conseguem expressar alegria ou tristeza, calma ou ansiedade,

Devo comer carne?

etc. Mas são incapazes de expressar emoções sofisticadas como o orgulho por um novo emprego. Na verdade, eles nem sabem o que é um emprego. E não conseguem discernir o certo do errado.

Carol: Coitadinhos.

Aisha: Não sinta pena deles. Esses bebês são indivíduos perfeitamente felizes e saudáveis. E aptos a levar uma vida longa e feliz. Como você acha que deveríamos tratar esses seres humanos?

Carol: Acho que eles deveriam ser tratados com muito carinho e atenção. E que nós provavelmente contrataríamos pessoas para ajudá-los a levar a vida mais plena e agradável possível.

Aisha: Mas por que não *matá-los* e *comê-los*? Afinal, você disse que está certo comer animais porque eles são menos inteligentes e menos sofisticados do que nós. Então, por que não matá-los e comê-los?

Carol ficou completamente revoltada com a idéia de comer aqueles seres humanos. Aliás, mais do que revoltada. Ela entendeu que matá-los e comê-los seria *moralmente* muito errado.

O problema é que ficou difícil para Carol explicar *por que* seria moralmente errado matar e comer esses seres humanos, se não é moralmente errado matar e comer os animais que comemos. Afinal, esses seres humanos não eram mais inteligentes ou sofisticados que os animais.

Carol: Olhe, Aisha, é simplesmente um fato que os homens são mais importantes que os animais. Nossos desejos e necessidades vêm em primeiro lugar. É assim que as coisas são. Os seres humanos são mais importantes que os animais.

Aisha: Por que são mais importantes, Carol? Você não me deu um único bom motivo para que eles não mereçam o mesmo tipo de consideração moral que os animais humanos. E, se você não consegue explicar por que eles não merecem a mesma consideração moral, então o que você está defendendo é só um preconceito. Parece-me que você tem um preconceito contra os animais não-humanos do mesmo modo que algumas pessoas têm preconceito contra as mulheres ou contra pessoas de outras raças.

Carol estremeceu. Ela não se considerava preconceituosa.

Aisha: E, em todo o caso, ainda que *seja* verdade que os animais humanos *são* mais importantes, isso não justifica matarmos e comermos outras espécies de animais. Isso não significa que temos o direito de fazer o que quisermos com eles. Não significa que é moralmente correto os massacrarmos só porque gostamos da carne deles.

Carol agora sentia-se bem culpada. E eu também, diga-se de passagem. Porque eu também acabara de comer um hambúrguer. Minha consciência começava a me incomodar. Como Carol, eu nunca tinha pensado realmente nas implicações morais de comer carne. Eu achava que Aisha provavelmente estava errada em condenar o consumo da carne. Mas não conseguia descobrir *por que* ela estava errada.

Animais de estimação

Também comecei a pensar nos animais de estimação. Carol tem um cachorrinho. É um cachorro muito bonitinho: Tigre.

Um cachorro é um animal como qualquer outro. Mas acredito que Carol ficaria absolutamente horrorizada com a idéia de alguém matar e comer o *Tigre*. De fato, Carol gastou muito dinheiro para manter seu cachorrinho vivo. Tigre engoliu a tampa de plástico de uma caneta que ficou atravessada dentro dele. O veterinário teve de operar Tigre para retirar a tampa da caneta. A operação custou uma fortuna. Carol sofreu muito de medo que seu cachorrinho morresse. Aisha e eu tivemos de ficar ao lado dela para confortá-la durante a operação. Felizmente, Tigre sobreviveu. E agora está bem.

Bem, um cachorro é um animal muito inteligente e emotivo. Mas, ao que parece, não é mais inteligente e emotivo que um porco. Pelo menos, segundo amigos meus que criavam porcos. Aparentemente os porcos são criaturas muito espertas e afetivas. Algumas variedades de porco dão ótimos animais de estimação.

Em alguns países — como a China, por exemplo —, come-se cachorros. Comem cachorros do mesmo modo que nós comemos porcos. Por que não? Não há diferença, exceto que talvez, para nós, os cachorros parecem mais carinhosos.

Não consegui deixar de imaginar como Carol reagiria se lhe contassem que tinham acabado de comer Tigre. Ela, sem dúvida, acharia moralmente errado matarem e comerem seu cão. Então, por que não era moralmente errado matar e comer aquela vaca que ela acabara de comer?

Achei melhor não perguntar a Carol por que não deveríamos comer Tigre.

O quinto argumento de Carol: animais comem animais

Carol, Aisha e eu pedimos sorvetes. Enquanto os tomávamos, Carol tentou defender-se outra vez.

Carol: Os animais comem uns aos outros, não comem? Gatos comem ratos e passarinhos. Tigres comem gazelas. Raposas comem galinhas. Então, se os animais comem uns aos outros, por que não podemos comê-los também?

Aisha: Porque os animais não sabem o que fazem. Não distinguem o certo do errado. Não têm senso de moralidade. Portanto, eles não podem ser responsabilizados pelo que fazem mais do que os bebês recém-nascidos. Mas nós, seres humanos adultos, *podemos* ser moralmente responsabilizados pelo que fazemos. Comer carne é errado. E, como sabemos isso, deveríamos parar de comer. Se não pararmos, isso nos torna pessoas malvadas.

Devo confessar que, a essa altura, eu já me sentia bastante culpado por comer carne. E Carol também. Mas será que deveríamos nos sentir culpados? Aisha tinha razão de nos atacar daquele modo? Não tenho certeza. Mas tenho de admitir que os argumentos dela eram fortes.

Como Carol e eu poderíamos nos defender de Aisha? Por que, afinal, se justifica matar e comer animais não-humanos, mas não animais humanos?

O que importa é a espécie

Existe quem argumente que, no que diz respeito ao que é moralmente aceitável matar e comer, o importante é a *espécie* a que se pertence. É moralmente errado comer membros da espécie humana. Não é moralmente errado comer membros de outras espécies animais.

Mas *por que* é errado comer indivíduos da espécie humana, e não os de outras espécies? Não seria mero preconceito nosso? Ou haveria alguma justificativa para esse argumento? Alguns tentam explicar por que é errado comer membros da espécie humana, mas não outras espécies, dizendo que o homem, *como espécie*, é mais inteligente e sofisticado emocionalmente que as outras espécies animais. Mesmo que aconteça de um determinado ser humano não ser tão inteligente e sofisticado emocionalmente quanto o resto de nós (como os bebês mencionados por Aisha), ainda é errado comer este humano em particular. É errado porque ele é membro da espécie humana, e os humanos *como espécie* são bem mais inteligentes e sofisticados emocionalmente que as outras espécies animais. O porco, por outro lado, pertence a uma espécie relativamente mais obtusa e não sofisticada. Então, é correto comer porcos.

Este argumento também me preocupa. Uma das minhas preocupações é ilustrada pelo caso do porco esperto.

O caso do porco esperto

Imagine que existisse um porco falante, igual ao do filme *Babe*. Sei que, na realidade, não existem porcos que sabem falar. Mas suponham que, por milagre, tivesse nascido um porco assim.

Esse porco é fora-de-série. É incrivelmente inteligente: mais inteligente que a maioria dos seres humanos. E também é capaz de sentir as mesmas emoções que nós. Participa conosco de discussões filosóficas sobre problemas morais. Escreve poesia. Conta piadas espirituosas. Gosta de ler Shakespeare e de ir ao teatro. É convidado para jantares!

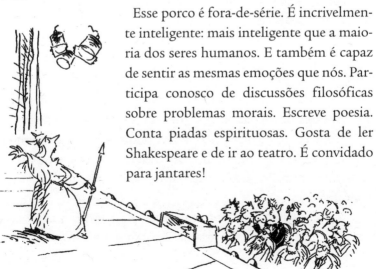

Seria moralmente aceitável matar e comer esse porco? Não demos ainda nenhuma razão por que seria errado comê-lo. Afinal, ele é um membro de uma espécie cujos membros *normais* são bem obtusos e não sofisticados se comparados aos seres humanos normais. Ele é membro da espécie dos porcos.

No entanto, é claro que *seria* moralmente errado comer esse porco em particular. De fato, a meu ver, esse porco deveria ser considerado uma *pessoa*, embora não seja uma pessoa humana. E é claro que seria errado matar e comer uma pessoa.

Então, minha preocupação é a seguinte: se é moralmente correto comer animais que são membros de espécies cujos membros *normais* são pouco inteligentes, etc., então, deveria ser moralmente aceitável matar e comer esse porco. Mas claramente *não* seria moralmente aceitável matar e comer esse porco.

Somos intolerantes?

Alguns filósofos argumentam que muitos de nós poderíamos ser acusados de discriminação contra espécies ou *especianismo*. A discriminação contra espécies é um pouco como a discriminação sexual (sexismo) ou a discriminação racial (racismo). É um exemplo de intolerância: preconceito irracional contra os que são diferentes.

Nós discriminamos outras espécies animais de várias maneiras: uma delas é que achamos que é moralmente aceitável matar e comer animais de outras espécies, contudo não aceitável matar e comer nossa própria espécie.

Mas não há justificativa para nossa discriminação de outras espécies animais dessa maneira. A discriminação é injusta e imoral. O especianismo não é mais moralmente aceitável do que o racismo e o sexismo. Assim, da mesma maneira como consideramos o racismo e o sexismo errados, também, esperamos, virá o dia em que consideraremos o especianismo errado.

Bem, é isso pelo menos que alguns filósofos argumentam. Esses filósofos têm razão? O que você acha?

A desculpa do "isso não tem importância"

Há quem diga que os vegetarianos morais fazem tempestade em copo d'água. Olhem o mundo. Todos os dias alguém é torturado e morto. Crianças são submetidas a longas jornadas de trabalho em condições estarrecedoras em troca de alguns centavos. Algumas até morrem de fome. Há tantas injustiças morais terríveis chamando nossa atenção. Ainda que admitamos que matar animais pelo prazer de comer a carne deles é errado, é só um mal entre tantos outros. Não seria portanto estreiteza de espírito dos vegetarianos morais concentrar-se só nesse problema?

Acho que este é um argumento bem medíocre contra os vegetarianos "morais". É claro que muitos vegetarianos "morais" também estão igualmente preocupados com estes outros problemas. Só porque alguém se preocupa com uma coisa não quer dizer que não se preocupe com mais nada.

Na verdade, as pessoas que usam esse tipo de argumento só estão tentando desculpar-se. Estão dizendo: "Tudo bem, admito que estou fazendo uma coisa moralmente errada, mas vejam todas as outras coisas ruins que as pessoas fazem. Perto dos outros erros morais, o fato de eu comer carne é bem irrelevante, não é?"

É claro que se esta fosse uma defesa aceitável, seria possível justificar todos os tipos de coisas terríveis da mesma maneira: do furto de um livro a um assassinato. O que você pensaria de alguém que tentasse justificar o assassinato de alguém que não gostava dizendo: "Foi só um assassinatozinho, nada de mais. Acontecem milhares todo ano!"

Talvez, uma saída melhor para os consumidores de carne para tentar desculpar-se fosse dizer que, comparado a outros atos imorais, matar animais para comer está num grau bem baixo na escala da maldade. Algumas coisas são mais erradas que outras. No topo, estaria, por exemplo, o assassinato de milhões de pessoas, como o patrocinado por Hitler ou Pol Pot. Mais abaixo na escala, viria o assassinato premeditado de uma pessoa. Mais abaixo ainda, o assassinato acidental por imprudência (como atropelar alguém por dirigir bêbado). Mais abaixo disso, roubar as economias de toda uma vida de alguém. Depois, roubar alguns doces de uma loja. Bem abaixo na escala, apareceria, digamos, apanhar uma maçã da árvore do vizinho sem pedir permissão. Mas comer carne ocuparia um lugar bem embaixo nesta escala de coisas erradas? Mesmo que admitamos que matar outros animais pelo prazer de comer a carne deles é moralmente errado, com certeza não é *tão* errado *assim*.

Devo comer carne?

De fato os vegetarianos "morais" não são um tanto desagradáveis dando tanta importância à exploração e ao sofrimento dos animais? A exploração e o sofrimento de seres humanos não são bem mais importantes?

Somos tão malvados quanto os donos de escravos?

Quanto vale a desculpa "isso não tem importância"? Não muito, diria a maioria dos vegetarianos. Eis o porquê.

Talvez, daqui a duzentos anos, as pessoas olhem para trás e fiquem horrorizadas com o tratamento que reservamos aos animais atualmente. Talvez elas se perguntem: como não percebíamos a absoluta *monstruosidade* de criar bilhões e bilhões de animais em condições bárbaras e depois massacrá-los pelo simples prazer de comer sua carne? Como não vimos que o que fazíamos era tão terrivelmente errado do ponto de vista moral?

Quando pensamos nos tempos passados da escravidão, achamos muito difícil compreender como as pessoas daquela época não percebiam que a maneira como tratavam outros seres humanos era muito errada. De fato, alguns tratavam seus escravos como animais, às vezes até pior. Eles os chicoteavam, torturavam e mantinham-nos nas mais abomináveis condições. Alguns donos de escravos mutilavam deliberadamente seus escravos quando estes tentavam fugir.

Como esses donos de escravos não percebiam como era errado seu comportamento com outros seres humanos? O fato é que

não percebiam. A maioria dos donos de escravos consideravam-se cidadãos honrados e morais.

Assim, talvez sejamos como os proprietários de escravos. Pode ser que estejamos simplesmente cegos com respeito ao erro que estamos cometendo. Porque estamos cercados de muitas outras pessoas que também acham certo tratar os animais como tratamos, é difícil enxergarmos que o que estamos fazendo é errado.

Tentei explicar por que desconfio do argumento de que, apesar de comer carne ser errado, não é *tão* errado *assim*. Talvez seja muito errado de fato. Talvez a única razão pela qual não nos *pareça* tão errado assim é que a maioria das outras pessoas à nossa volta se sente bem à vontade com isso.

E, de fato, ainda não vimos nenhum motivo para supor que matar outras espécies de animais por sua carne não é realmente muito errado. Na verdade, ainda não vimos nenhuma razão para supor que não é tão ruim quanto matar um ser humano por sua carne.

O último argumento de Carol: Aisha não deveria ser vegetariana radical?

Voltemos à discussão entre Carol e Aisha. Até agora, os argumentos de Aisha definitivamente vinham sendo os melhores. Mas, então, Carol achou um argumento muito melhor que detêve Aisha. Carol disse o seguinte:

Carol: Que sorvete bom este!

Aisha: Hum! Adoro sorvete.

Carol: Então, Aisha, diga-me uma coisa. *Por que não é moralmente errado tomar sorvete?* Afinal, os sorvetes são feitos do leite que vem das vacas. E o queijo também vem das vacas. Você comeu queijo no seu hambúrguer vegetariano.

Aisha: Mas ninguém precisa matar vacas para fazer queijo ou sorvete.

Carol: Mas às vezes elas não são criadas em condições bem miseráveis?
Aisha: Eu não sei. Talvez sejam.
Carol: Veja. Mesmo que elas sejam bem cuidadas, elas não precisam ter bezerros para dar leite?
Aisha: É, acho que sim.
Carol: O que acontece então com esses bezerros? Metade deles é macho, e machos não dão leite.
Aisha: É... mesmo.
Carol: Eles são mortos, não são? Têm de ser. Do contrário, estaríamos chafurdando em touros.
Aisha: Umm, acho que você tem razão.
Carol: Bem, você está me dando um sermão por eu comer meu hambúrguer. Mas você só pode tomar seu sorvete e comer seu queijo no seu hambúrguer vegetariano porque eu comi meu hambúrguer. Você é uma hipócrita! Aliás, aposto que você também está usando sapatos de couro, não é?
Aisha: Estou.
Carol: E de onde veio o couro dos seus sapatos? De outro animal morto. Assim, apesar de não comer carne, você é tão responsável quanto eu pela morte de todos esses animais.

É verdade. Para continuar produzindo leite, as vacas precisam ficar prenhas uma vez por ano. Somente cerca de um quarto de seus bezerros é separado para produzir leite. O resto é morto. E mesmo as vacas usadas para produzir leite são abatidas entre três e sete anos (as vacas podem viver muito mais que isso). Assim, a produção de leite também requer com certeza que um grande número de animais seja abatido.

Fiquei muito impressionado com o argumento de Carol: se Aisha estava convencida da imoralidade da matança de animais, então, aparentemente, ela deveria também renunciar ao leite, ao queijo e ao sorvete. Deveria renunciar igualmente ao couro. Deveria usar sapatos de plástico ou de tecido.

Como expliquei no início do capítulo, algumas pessoas — chamadas *vegetarianas radicais* — assumem posições desse tipo. Elas abrem mão de quaisquer produtos de procedência animal. Se Aisha estivesse tão convencida de seus argumentos, aparentemente ela deveria tornar-se uma vegetariana radical. Mas Aisha nunca se tornou. Até hoje, continua usando sapatos de couro, bebendo leite, comendo queijo, ovos e sorvete.

Ainda assim, o máximo que Carol demonstrou foi uma leve hipocrisia de Aisha. Tudo o que ela mostrou, na verdade, foi que, se é errado matar animais para comer sua carne, também é errado matá-los para obter leite, ovos, couro, etc. Observem que Carol não conseguiu provar que é moralmente aceitável matar e comer outras espécies animais. Ela ainda não nos deu nenhuma razão para supor que matar animais por sua carne, seu leite, seus ovos e seu couro não é, *de fato, muito errado*.

Será que eu devo comer carne?

Tentei considerar os argumentos contra e a favor dos vegetarianos e dos vegetarianos radicais com a maior imparcialidade possível. E sem empurrar você para um lado ou para o outro. Quero que você reflita cuidadosamente sobre os argumentos e tire suas próprias conclusões.

Devo comer carne?

Eu como carne. Mas devo admitir que considero os argumentos contra o consumo de carne muito fortes. Se é moralmente aceitável matar e comer outros animais só porque gostamos do sabor da carne deles, *por que* é aceitável? Se não conseguirmos explicar o motivo de tratarmos outras espécies de maneira diferente da que tratamos a nossa, parece que realmente teremos de nos considerar culpados da acusação de especianismo.

Arquivo 2

Como saber se este mundo é virtual ou não?

O jogo de Jim
   Este é Jim.

Jim está participando de um jogo no computador. O nome do jogo é *Monstros e calabouços*. Para vencê-lo, você precisa percorrer um labirinto de calabouços, matar todos os monstros e pegar todos os tesouros. Como você pode ver, Jim adora esse jogo. Especialmente matar monstros.
   É bom avisar: uma coisa terrível vai acontecer a Jim. Mas isso fica para depois. Primeiro, quero explicar a *realidade virtual*.

Realidade virtual
   Os calabouços, os tesouros, os monstros e as armas do jogo de Jim não são de verdade, é claro. Eles constituem o que é conhecido como *realidade virtual*, um mundo criado por computador. Uma realidade virtual é composta de um *ambiente* virtual dentro do qual podem ser encontrados *objetos* virtuais. No jogo de Jim, os calabouços e os labirintos são o ambiente virtual. As armas, os monstros e os tesouros são objetos virtuais.

Você provavelmente já deve ter tido alguma experiência com a realidade virtual. Talvez já tenha participado de um jogo de computador no qual pilotou um carro de corrida em uma pista ou um avião pelo céu. Os carros, as pistas, os aviões, etc. que você vê nesses jogos são todos virtuais. Eles não existem na realidade.

Usando um capacete para entrar em contato com a realidade virtual

Normalmente, quando você brinca com este tipo de jogo, assiste à ação em uma espécie de tela de TV. Mas já existem outras maneiras de experimentar a realidade virtual.

De fato, os especialistas em computação desenvolveram *capacetes de realidade virtual*.

Esse capacete funciona assim: quando você o coloca, vê uma telinha. Essa tela mostra o ambiente virtual. E o importante na tela é que, quando você movimenta a cabeça de um lado para o outro, o que você vê muda, como se você estivesse de fato neste ambiente. Se você olha, por exemplo, para a esquerda, vê o que está à sua esquerda no ambiente virtual. Olha para baixo e vê o que há no chão do ambiente virtual. Vira e vê o que está atrás de você, e assim por diante.

O capacete também é equipado com pequenos alto-falantes — um para cada ouvido —, de modo que você possa escutar tudo o que se passa dentro da realidade virtual. Mais uma vez, os sons também se modificam de acordo com o lado para o qual está voltado. Portanto, com o capacete virtual, tudo parece e soa como se o ambiente virtual estivesse de fato ao seu redor.

Mãos e pernas virtuais

Também já é possível alcançar e pegar objetos virtuais. Desenvolveram-se luvas eletrônicas que controlam mãos virtuais. Basta calçá-las, e você pode mover as mãos virtuais que vê à sua frente quando está usando o capacete de realidade virtual. Com essas mãos virtuais, você pode pilotar um carro virtual ou disparar uma arma a laser virtual contra um extraterrestre virtual.

REALIDADE VIRTUAL   REALIDADE EFETIVA

De fato, você pode até caminhar dentro da realidade virtual. É até possível conectar o computador que gera a realidade virtual a nossas pernas e pés por meio de sensores especiais. Ande para a frente, e o computador detecta o movimento e modifica o que você vê e ouve. Parece que você está caminhando para dentro do ambiente virtual.

Suponha que déssemos a Jim um desses equipamentos de realidade virtual — capacete, luvas e sensores para pernas — e o conectássemos a um poderoso computador rodando uma versão de seu favorito *Monstros e calabouços*. Jim, então, pode iniciar seu jogo, só que desta vez ele lhe pareceria muito mais real. Desta vez, Jim iria sentir-se como se o calabouço virtual estivesse mesmo ao seu redor. Desta vez, sentiria como se pudesse alcançar e tocar as paredes do calabouço com as mãos.

Olhos artificiais

Agora vamos examinar um tipo de tecnologia diferente: olhos artificiais. Ao contrário da realidade virtual, esse avanço ainda não ocorreu. Mas não vejo razão por que *não possam* ser inventados.

Erga uma de suas mãos diante de seu rosto e olhe bem para ela.

O que acontece quando você vê sua mão?

Em primeiro lugar, a luz reflete-se de sua mão para seus olhos. Uma lente na parte da frente do olho focaliza essa luz em uma superfície na parte de trás do olho, produzindo uma imagem. Essa superfície na parte de trás de seu olho é formada por muitos milhões de células sensíveis à luz. Quando a luz

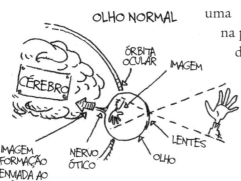

atinge uma dessas células, ela emite um leve impulso elétrico. O padrão de impulsos elétricos causados pela imagem da sua mão atingindo as células passa então por um feixe de nervos (chamado *nervo ótico*), que corre de seu olho até seu cérebro. E é assim que você enxerga sua mão.

Mas será que só um olho humano normal teria capacidade de enviar os impulsos elétricos pelo seu nervo ótico para o cérebro? Não vejo por quê. Por que seus olhos humanos normais não poderiam ser substituídos por pequenas câmeras de vídeo?

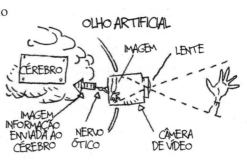

Essas câmeras fariam o trabalho que o olho humano faz hoje, enviando pelos nervos óticos os mesmos padrões de estímulos elétricos que seus olhos normais enviam hoje. O que daria na mesma para você. O mundo visto pelos olhos artificiais pareceria o mesmo que se vê com os olhos normais.

Com um olho na ponta da varinha

De fato, seria uma grande vantagem ter olhos de pequenas câmeras de vídeo. Imagine se você tivesse olhos artificiais. Eles poderiam ser conectados a seus nervos óticos por cordas supercompridas. Você poderia tirar um olho da cara e carregá-lo na mão. Poderia fincá-lo atrás da cabeça: muito útil se quiser saber se há alguém seguindo você.

Também poderia amarrar um olho na ponta de uma varinha — inestimável para achar aquela moeda que você deixou cair debaixo do sofá.

Os arquivos filosóficos

Um corpo de robô

É possível que um dia os cientistas desenvolvam não só olhos artificiais, como também ouvidos artificiais: pequenos microfones eletrônicos capazes de ocupar o lugar dos ouvidos humanos normais. Esses microfones estimulariam os nervos que conectam nossos ouvidos aos nossos cérebros exatamente da mesma maneira que nossos ouvidos normais.

Os sinos de uma igreja soariam exatamente da mesma maneira para alguém com ouvidos artificiais.

Na verdade, quando se pensa no assunto, parece não haver, em princípio, razão alguma para que nosso *corpo inteiro* não possa ser substituído por um corpo artificial. Poderíamos ter um corpo de robô. Vejamos como.

Nosso cérebro está ligado ao resto de nosso corpo por um sistema nervoso. Alguns desses caminhos de nervos *emitem* impulsos elétricos. Outros os *captam*.

Os nervos que *emitem* impulsos elétricos enviam muitos deles aos músculos que possibilitam que seu corpo se movimente. Na hora de virar esta página, por exemplo, suas mãos movem-se porque seu cérebro envia um

Como saber se este mundo é virtual ou não?

padrão de impulsos elétricos a determinados músculos de seu braço. Esses impulsos fazem os músculos moverem-se. E o movimento desses músculos move sua mão.

Os caminhos nervosos que *captam* impulsos elétricos recebem muitos deles de nossos cinco sentidos: olhos, ouvidos, nariz, língua e pele. É o que permite que você experimente o mundo ao seu redor.

Agora imagine isto: seu cérebro é removido do seu antigo corpo humano e transferido para um novo corpo de robô.

Seu antigo corpo humano então é destruído. Mas tudo bem, porque seu novo corpo de robô mantém seu cérebro vivo. Também estimula os nervos que vão até seu cérebro exatamente do mesmo modo que eram estimulados por seu corpo

antigo. De modo que seu novo corpo de robô transmite-lhe experiências rigorosamente como seu antigo corpo humano. Com seu novo corpo de robô, você pode deliciar-se com um sorvete de chocolate, ouvir uma música, sentir o cheiro das flores.

Tudo parece exatamente como antes.

E os padrões dos impulsos elétricos emitidos pelo seu cérebro ainda conseguem fazer com que seu novo corpo de robô se movimente exatamente da mesma maneira que seu corpo normal (só que agora não move músculos: move pequenos motores elétricos). De modo que você pode andar e falar exatamente como antes.

Sobrevivendo à morte de seu corpo humano

É claro que ainda não podemos construir sozinhos corpos de robôs. A tecnologia ainda não progrediu tanto. Mas, sem dúvida, parece possível que um dia construam-se esses corpos de robô, talvez daqui a poucas centenas de anos.

Caso se construam corpos de robôs, seremos capazes de sobreviver à morte de nossos corpos de carne e osso. Suponha que seu corpo humano seja atropelado por um caminhão. Seria possível remover seu cérebro e transferi-lo para um novo corpo de robô.

Nesse caso, apesar de seu corpo de carne e osso ter morrido, você continuaria vivo. Você seria parte homem, parte máquina. Provavelmente os corpos de robô também poderiam ser construídos para ser mais fortes, mais duráveis e de várias maneiras melhores do que nossos corpos comuns de carne e osso. Você poderia ter uma força sobre-humana, uma audição incrivelmente mais sensível e até visão de raio X.

Quem sabe um dia, talvez daqui a mil anos, *todos* seremos superseres robotizados.

Talvez a única parte humana que restará em nosso corpo será nosso cérebro.

Um corpo virtual

Tão plausível quanto ter um corpo de robô é a possibilidade de termos um *corpo virtual*.

Imagine a seguinte situação: uma tomadinha elétrica é ligada na sua nuca. Essa tomada é conectada ao lugar em que os nervos que entram e saem do seu cérebro ligam-se ao resto de seu corpo. A tomada permite-lhe conectar seu cérebro a um supercomputador incrivelmente potente. Você só precisaria ligar um fio conectado ao computador na sua tomada e acionar um pequeno interruptor fixado à sua nuca.

Quando você acionasse o interruptor, todos os impulsos elétricos emitidos por seu cérebro para movimentar seu corpo seriam desviados. Seriam enviados para o supercomputador. E, em vez de receber sinais elétricos de seus olhos, seus ouvidos, seu nariz, sua língua e sua pele, seu cérebro os receberia do supercomputador.

Agora, imagine que esse computador esteja rodando um programa de realidade virtual. Funcionaria assim: você se deita em uma cama ao lado do computador e liga você mesmo a ele. Em seguida, aciona o interruptor na sua nuca. Claro que, no momento em que aciona o interruptor, seu corpo fica sem energia: você desconectou seu corpo de seu cérebro.

Mas não é assim que o sentiria. Você teria a nítida sensação de que ainda consegue mexer o corpo. Imagine que você tentasse agitar seus dedos na frente de seu rosto. O computador registraria os impulsos elétricos para agitar seus dedos vindos de seu cérebro e transmitiria de volta ao cérebro exatamente o mesmo tipo de sinais que

Como saber se este mundo é virtual ou não?

receberia de seus olhos e mãos se você estivesse sacudindo os dedos diante do rosto. Portanto, isso é o que você vê. Só que os dedos que você veria agitando-se à sua frente não seriam seus dedos de verdade — suas mãos de verdade continuariam ali, deitadas quietinhas na cama —, mas sim dedos *virtuais*.

Na verdade, se o computador fosse mesmo potente, poderia gerar *todo* um *ambiente virtual* para você. Poderia, por exemplo, dar-lhe a impressão de que está deitado em uma floresta habitada por pássaros canoros fabulosos e cheia de belas flores. Você poderia se levantar e passear por essa floresta. É claro que as árvores que você viu, os pássaros que ouviu e as flores que cheirou não seriam reais. Seriam virtuais. E o corpo que lhe pareceu ser o seu seria um corpo virtual, não um de verdade. O seu corpo de verdade continuaria imóvel na cama.

Transferir-se para um corpo virtual pode ser uma maneira agradável de passar a noite. Após um dia de trabalho exaustivo, você relaxaria transferindo-se para um corpo virtual e explorando um ambiente virtual. Você poderia inventar qualquer mundo novo esquisito que quisesse ocupar por algumas horas.

Você poderia, por exemplo, escolher a aparência de seu corpo virtual. Poderia, quem sabe, escolher a aparência de Elvis Presley e visitar um planeta inteiramente feito de *marshmallow*.

Bem, agora que você viu como seria ter um corpo virtual em um ambiente virtual, façamos um intervalo. Vou contar o que aconteceu a Jim.

Uma história de terror

Um dia, dois marcianos — Blib e Blob — chegaram à Terra. Sua missão era estudar os seres humanos. Decidiram escolher Jim como objeto de estudo e começaram a observar seu comportamento às escondidas.

Blib e Blob ficaram fascinados com a verdadeira adoração de Jim pelo seu jogo *Monstros e calabouços*. Observaram que ele dedicava cada segundo de seu tempo livre a esse jogo. O pai de Jim preparou-lhe um chá. "Venha tomá-lo, Jim!", gritou para chamá-lo. Os marcianos perceberam que ele teve de chamar o filho pelo menos seis vezes. Também observaram que Jim engoliu a comida depressa e subiu correndo as escadas até seu quarto para continuar jogando.

Blib e Blob também não deixaram de notar que, a cada versão que saía de *Monstros e calabouços*, Jim ficava desesperado para obtê-la. Nos dois meses antes do Natal, a única frase de Jim era:

Como saber se este mundo é virtual ou não?

— Pai, mãe, *por favor*, vocês vão me dar o último *Monstros e calabouços* de presente de Natal, não é?

Depois de observar tudo aquilo, Blib e Blob concluíram que Jim seria a mais feliz das criaturas se ficasse jogando permanentemente a versão mais realista possível de *Monstros e calabouços*. E decidiram fazer a felicidade de Jim.

Na manhã de Natal, Jim começou a acordar. A primeira coisa que notou foi sua cama. Parecia dura e fria como pedra. E cheirava um pouco estranho também. Uma mistura de umidade e mofo. Como os cogumelos. E também ouvia um ruído de gotas pingando.

Jim abriu os olhos devagar. Viu-se em um longo corredor de pedras, iluminado por pequenas tochas penduradas em suportes enferrujados de metal. Havia passagens fechadas à esquerda e à direita. Jim virou-se para trás. Viu que o corredor se estendia, igual, até desaparecer nas trevas.

Esse corredor pareceu-lhe vagamente familiar. Então, Jim lembrou-se: era o mesmo corredor de *Monstros e calabouços*. Só que agora ele parecia real. Jim podia alcançar e tocar com seus dedos suas paredes gélidas e viscosas.

Então, Jim ouviu um uivo e sentiu seu sangue gelar. Era um uivo que Jim ouvira milhares de vezes antes. Só que desta vez o

uivo não vinha das caixinhas de som ao lado de seu computador. Desta vez, o uivo vinha das trevas do fundo do corredor. Desta vez, era um uivo real. Como eram reais aqueles passos arrastados. Jim sabia quem estava vindo. Com o coração saindo-lhe pela boca, suas pernas cambalearam. Começou a correr.

Os pais de Jim ficaram intrigados. Eles haviam comprado para Jim um novo computador programado com a última versão de *Monstros e calabouços*. Por que ele não descera correndo as escadas para abrir seu presente como de costume? Seus pais subiram as escadas e abriram a porta de seu quarto devagar. Deram uma olhada.

— Jim, você está acordado?

O silêncio reinava no quarto. As cortinas estavam fechadas. E a cama de Jim, vazia.

O quarto estava iluminado por uma luz sinistra. Os pais de Jim viraram para constatar que a luz saía do monitor de um computador no chão. Mas aquele não era o computador de Jim. Quando seus olhos se acostumaram com a escuridão, eles compreenderam que a tela bruxuleante estava conectada a uma grande caixa cinzenta.

Na verdade, essa caixa cinzenta era um supercomputador marciano. Blib e Blob tiveram muito trabalho para construir aquele computador capaz de rodar a versão mais realística de *Monstros e calabouços* que se podia imaginar. Haviam montado aquele computador especialmente para Jim.

— MEU DEUS!!! — gritaram os pais de Jim, horrorizados. Quando a imagem na tela se tornou mais clara por um instante, enchendo o quarto de luz, viram que, nas trevas atrás do computador, havia um *cérebro humano flutuando em uma cuba de vidro*.

Era o cérebro vivo de Jim. E completamente consciente. Durante a noite, Blib e Blob tinham removido o cérebro do menino. Destruíram o resto de seu corpo e colocaram seu cérebro dentro de uma cuba com um líquido capaz de manter o órgão vivo. Então conectaram seu cérebro ao computador. Jim agora é um corpo virtual em um ambiente virtual: o ambiente de *Monstros e calabouços*. Jim está jogando agora a versão mais realística imaginável de *Monstros e calabouços*. Só que não pode mais parar. Nem deixar de senti-la como real.

Os pais de Jim olham para a imagem na tela do monitor do computador. É Jim. Vêem o filho ser perseguido por um monstro enorme no corredor estreito.

— Pobre Jim! — grita a mãe.

Mas claro que gritar não adianta. Tudo que Jim consegue ouvir são os uivos do monstro correndo bem atrás de seus calcanhares. Jim jamais ouvirá a voz de sua mãe novamente.

Chocados, os pais de Jim assistem às peripécias do filho para enganar o monstro. Às vezes, ele tenta desesperadamente esconder-se na escuridão. Fica agachado, quietinho, sem nem ousar respirar. O monstro pára, fareja o ar úmido. Então desaparece. Mas por pouco tempo.

Os pais de Jim não agüentam mais assistir àquilo e viram de costas para o monitor. Só então, percebem um cartãozinho amarrado ao computador com uma fita vermelha. Tremendo, aproximam-se. Afinal, aos clarões tremeluzentes do monitor, conseguem ler os garranchos compridos e finos da mensagem no cartão, que diz:

Será que você não é um cérebro em uma cuba?

História horripilante, não acha? Jim capturado dentro de uma realidade virtual tenebrosa tão tangível para ele que ele não pode deixar de senti-la como real. E os marcianos pensavam que estavam lhe fazendo um favor.

Os filósofos acham muito interessantes as histórias sobre cérebros em cubas. São particularmente interessantes para filósofos interessados na pergunta: *o que é possível, se é que é possível, conhecer o mundo ao nosso redor?* Esta é a questão que vamos examinar agora.

Tomemos um tipo diferente de história sobre cérebros em cubas: uma história sobre *você*. Suponha que ontem à noite Blib e Blob deram uma passadinha em sua casa enquanto você estava dormindo. Eles então o doparam e o levaram para Marte em seu disco voador. Lá removeram seu cérebro de seu corpo, colocaram-no em uma cuba de vidro com um líquido especial para preservar a vida e conectaram-no a um supercomputador. E então destruíram seu corpo.

Agora é o supercomputador que controla todas as suas experiências. Estale os dedos. Ao estalar seus dedos, o computador monitora os impulsos que saem de seu cérebro: os mesmos impulsos que chegariam a seus dedos caso você ainda os tivesse. Então, o computador estimula as terminações nervosas que estavam antes conectadas a seus olhos, pontas dos dedos, ouvidos, etc., de modo que você tem a impressão de ver, sentir e ouvir seus dedos estalando. Mas, na verdade, você nem tem mais dedos de verdade. Você só tem dedos virtuais gerados por computador.

O computador que gera essas experiências é tão incrivelmente avançado que copia seu ambiente real, até nos mínimos detalhes. De modo que tudo o que você experimenta parece real. Sua cama virtual se parece perfeitamente com a sua real. Seu quarto virtual é igualzinho ao seu quarto de verdade. Seus pais virtuais agem exatamente como seus pais de verdade.

Sua rua virtual se parece exatamente com sua rua de verdade.

A grande questão filosófica que se pode extrair dessa história é: *como você sabe que não é um cérebro em uma cuba?* Como você pode saber que o mundo que o cerca não é virtual? Talvez os marcianos *realmente* o tenham visitado na noite passada. Talvez eles *realmente* tenham extraído seu cérebro e o tenham conectado a um supercomputador. Se fizeram isso, será que você sabia? Parece que não, porque tudo continuaria a parecer exatamente igual para você.

Talvez você SEMPRE tenha sido um cérebro em uma cuba

Eis uma idéia ainda mais inquietante. Talvez você *sempre* tenha sido, desde o dia em que nasceu, um cérebro em uma cuba.

Como saber se este mundo é virtual ou não?

Talvez o planeta Terra nem exista. Talvez as coisas que lhe parecem tão familiares — sua casa, seus vizinhos, seus amigos, sua família — não sejam mais "reais" do que os lugares e os personagens do jogo *Monstros e calabouços* de Jim. Talvez não passem de uma criação de programadores de computador marcianos. Talvez esses marcianos estejam estudando seu cérebro para ver como ele reage ao mundo que eles inventaram.

Em outras palavras, talvez a única realidade que jamais você conheceu seja uma realidade virtual. Você pode ter certeza que não? Não, parece que não pode.

Como você sabe que não é um cérebro em uma cuba?

Agora convenhamos, você não acredita realmente que é um cérebro em uma cuba. Acho que, como eu, você acredita que *não* é um cérebro em uma cuba. Mas a pergunta é: você *sabe* que não é um cérebro em uma cuba? Você *sabe* que o mundo que você parece ver ao seu redor é real?

A resposta, ao que parece, é: não, você *não* sabe. Você pode acreditar que o mundo que você vê é real. E talvez seja verdade que o mundo que você vê é mesmo real. Mas, ainda que seja real, parece que você não *sabe* se é real. Para saber se ele é real ou não, você decerto precisaria de uma *razão* para acreditar que é real. E não há razão alguma para acreditar que o mundo que você vê é real, e não virtual, pois *tudo para você pareceria exatamente igual mesmo se ele fosse virtual.* De modo que, assombrosamente, ao que parece, você não sabe que não é um cérebro em uma cuba.

Na verdade, parece que você não sabe *coisa alguma* do mundo que nos cerca. Porque tudo o que você vê — a mão que você vê diante dos olhos, este livro que aparentemente você segura com suas mãos, a árvore que você parece ver lá fora, e até o planeta Terra — poderia ser virtual.

O que é ceticismo?

O argumento que acabamos de examinar — o de que não conhecemos nada sobre o mundo que nos cerca — é chamado argumento *cético*. Os céticos sustentam que, na verdade, nós não sabemos o que pensamos que sabemos. E a afirmação de que não sabemos nada sobre o mundo que nos cerca é chamada *ceticismo sobre o mundo exterior*.

Ceticismo "versus" senso comum

A visão do senso comum, é claro, sustenta que *de fato* nós conhecemos o mundo exterior. Na verdade, se você resolvesse dizer, "não sei se as árvores existem", especialmente se estivesse olhando uma árvore em plena luz do dia, os outros achariam que você ficou louco.

Mas os céticos achariam que você está certo. Você *não* sabe se árvores existem. O senso comum está enganado.

Como saber se este mundo é virtual ou não?

Outros exemplos de enganos do senso comum

Os argumentos dos céticos podem deixar algumas pessoas muito irritadas. Sabermos que as árvores existem é uma de nossas crenças mais básicas — como costumo dizer, sentimos que é apenas o senso comum. Existem muitas crenças que ficaríamos muito satisfeitos de abandonar, caso alguém conseguisse nos demonstrar que estamos errados. Mas, quando se trata das crenças mais arraigadas de nosso senso comum — como a crença de que sabemos que as árvores existem —, não ficamos nada satisfeitos em abandoná-las.

Na verdade, ter nossas crenças mais elementares ameaçadas pode ser uma experiência bem desconfortável, especialmente quando não vemos como defendê-las. É nessa hora que muitos ficam com raiva. Dizem que é um disparate o que o filósofo está falando. "Isso é uma completa estupidez", gritam. "*Claro* que eu sei que as árvores existem." E retiram-se, ofendidos.

Mas o filósofo pode apontar que em muitos outros casos se comprovou que o senso comum estava errado. Por exemplo, em outros tempos, o senso comum afirmava que a Terra era plana. As pessoas simplesmente achavam que era óbvio que a Terra fosse plana. Afinal, parece plana, não parece? Os marinheiros até tinham medo de despencar de suas beiradas.

Também naquela época algumas pessoas ficavam muito irritadas quando sua crença comum era desafiada. "Não seja *ridículo*", gritavam. "É *claro* que a Terra é plana." E saíam batendo os pés.

Hoje, porém, sabemos que a Terra não é plana. O senso comum estava enganado.

Aqui está outro exemplo de como o senso comum pode se enganar. Olhe esta folha de papel. Ela tem dois lados: este lado... e o lado de trás. Agora reflita: existe uma folha de papel que tem *um lado só*? Muitas pessoas responderiam: "*Claro* que não! Qualquer pedaço de papel *tem* dois lados." Isso é puro senso comum.

Mas, na verdade, o senso comum está errado neste ponto? Se você pegar uma tira de papel como esta:

... e torcê-la ao meio:

... e juntar as duas pontas formando um anel...

... você vai descobrir que agora tem um pedaço de papel com *um lado só*. A tira ainda *parece* ter dois lados, mas, se você correr o dedo por um lado por todo o anel, vai descobrir que o que parece dois lados diferentes é na verdade o mesmo lado.

Assim, o senso comum já se enganou a respeito de muitas coisas. Talvez também esteja errado quando afirma que nós sabemos que as árvores existem.

O que os céticos NÃO afirmam

Vale a pena deixar claro o que os céticos *não* afirmam, para não ficarmos confusos.

Em primeiro lugar, os céticos não afirmam saber que você ou eles *são* cérebro em uma cuba. Só afirmam que *ninguém pode saber de maneira alguma* se eles ou de fato mais alguém é um cérebro em uma cuba.

Em segundo lugar, eles não afirmam *apenas* que você não pode ter *certeza absoluta* de que o mundo que você vê é real ou virtual. Afirmam muito mais do que isso. Afirmam que você não tem *razão alguma* para acreditar que o mundo que você vê é real, e não virtual.

Em terceiro lugar, eles não vão tão longe a ponto de afirmar que ninguém pode saber *nada*. Afinal, eles próprios reivindicam saberem *uma coisa*: que ninguém pode conhecer o mundo exterior.

Um enigma antigo

Então estamos diante de um enigma difícil. Por um lado, a visão do senso comum é que sabemos que as árvores existem. Nós não queremos de fato abrir mão dessa visão do senso comum (na verdade, nem estou *certo* de que poderíamos abrir mão dela mesmo que quiséssemos). Por outro, o cético tem um argumento que parece mostrar que nossa visão do senso comum está errada: nós *não* sabemos que as árvores existem. Qual das visões está certa?

Apesar da roupagem moderna que eu lhe dei, esse enigma é na verdade bem antigo. É de fato um dos enigmas filosóficos mais bem conhecidos que existem. Ainda hoje, nas universidades do mundo inteiro, os filósofos debruçam-se sobre ele. E ainda não conseguiram decidir se os céticos estão certos. Eu devo admitir: não sei se os céticos estão certos ou errados.

Ao longo dos séculos, muitos filósofos tentaram lidar com o ceticismo. Procuraram demonstrar que o senso comum está certo: nós conhecemos efetivamente afinal o mundo que nos cerca. Algumas de suas tentativas para derrotar os céticos são muito

Como saber se este mundo é virtual ou não?

perspicazes. Mas será que alguma delas funciona mesmo? Examinemos agora uma dessas tentativas.

A navalha de Ockham

O cético nos apresenta duas teorias ou *hipóteses*. A primeira hipótese — a hipótese do senso comum — é a de que não somos um cérebro em uma cuba: o mundo à nossa volta é real. A segunda é a de que somos um cérebro em uma cuba: o mundo que vemos é meramente virtual.

O cético diz não haver razão para acreditar na primeira ou na segunda hipótese. Ambas são igualmente bem sustentadas pelo testemunho de nossos sentidos. De um ou de outro modo, tudo pareceria igual para nós. Então, não dá para saber se a primeira hipótese é verdadeira e a segunda falsa.

Mas temos de convir com os céticos de que a maneira como as coisas se apresentam para nós é *coerente* com as duas hipóteses. Porém, como explicarei a seguir, disso não se conclui que a maneira como as coisas se apresentam *sustenta* igualmente as duas hipóteses.

Existe um famoso princípio filosófico que diz que, diante de duas hipóteses, ambas igualmente sustentadas por provas, é sempre razoável acreditar na hipótese mais *simples*. Esse princípio é chamado *navalha de Ockham*. Parece um princípio bastante plausível.

O exemplo das duas caixas

Aqui está um exemplo de como a navalha de Ockham funciona. Imagine que lhe apresentem uma caixa com um botão ao lado e uma lâmpada em cima. Você constata que, toda vez que aperta o botão, a lâmpada se acende. Se não aperta, a lâmpada fica apagada.

Agora examinemos duas hipóteses opostas que explicam como isso acontece.

A primeira hipótese é que o botão e a lâmpada estão ligados por um circuito a uma bateria dentro da caixa. Quando você aperta o botão, o circuito se completa, e a lâmpada se acende.

A segunda hipótese é mais complicada. Diz que o botão é preso a um circuito elétrico que liga a bateria a uma *segunda* lâmpada *dentro* da caixa. Quando se aperta o botão, essa lâmpada interna se acende. Então, um sensor de luz dentro da caixa detecta o acendimento da lâmpada e aciona um *segundo* circuito elétrico que liga uma *segunda* bateria à lâmpada que você vê fora da caixa. Isso faz com que a lâmpada de fora se acenda.

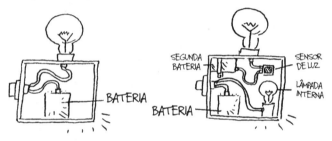

Qual das hipóteses você acha mais razoável? Sem dúvida, ambas são *coerentes* com o que você viu: nos dois casos, a lâmpada se acende quando e só quando você aperta o botão. Mas parece errado dizer que as duas hipóteses são igualmente *razoáveis*. Sem dúvida, é mais razoável acreditar antes na primeira do que na segunda hipótese, porque a segunda hipótese é *menos simples*: ela sustenta que há *dois* circuitos elétricos na caixa, e não um só.

Podemos usar a navalha de Ockham para vencer o cético? Talvez. Sempre poderíamos dizer que de nossas duas hipóteses — a de que o mundo que você está vendo é real e a de que é meramente virtual — a primeira é mais simples. Porque, enquanto a primeira hipótese diz que só há *um* mundo, a segunda de fato diz que há *dois*: há um mundo real, com marcianos, um supercomputador, uma cuba e seu cérebro, dentro do qual é criado um segundo mundo virtual que contém árvores, casas, pessoas virtuais, etc. Portanto, dado que a primeira hipótese é mais simples, significa que é a mais razoável.

Por isso, o cético está errado: é mais razoável acreditar que é um mundo real e não virtual que você vê, apesar do fato de como as coisas aparecem para você ser coerente nas duas hipóteses.

Uma dúvida

O que você acha dessa resposta ao argumento cético? Eu tenho algumas dúvidas quanto a ela. Uma dessas dúvidas é: será que a hipótese de que o mundo que nós vemos é um mundo real é de fato a hipótese mais simples? Depende do que se entende por *mais simples*. Na verdade se, de alguns pontos de vista, a primeira hipótese é mais simples, existem aspectos seus em que é menos simples.

Por exemplo: alguém poderia dizer que a segunda hipótese é mais simples, pois ela precisa de *muito menos objetos físicos*: só dos marcianos, de seu cérebro em uma cuba e de um supercomputador. Não haveria necessidade alguma de supor que um planeta Terra com todas as suas árvores, casas, cachorros, gatos, montanhas, carros, etc. realmente existe.

E alguém ainda poderia dizer que a segunda hipótese é mais simples porque precisa de um número *bem menor de mentes*. Se toda a sua família, seus amigos, seus vizinhos, etc. são meramente virtuais, também suas mentes seriam virtuais. As únicas mentes reais de que a segunda hipótese necessita são a sua e as dos programadores de computador. Então, seria de fato mais razoável acreditar que você é um cérebro em uma cuba.

Sou uma ilha?

Se o cético está certo (e não estou dizendo que está), então cada um de nós é de uma maneira significativa isolado do mundo que nos cerca. Você não sabe nada do mundo exterior, nem tem nenhum motivo para acreditar que habita num mundo com árvores, casas, cachorros, gatos, montanhas e carros. E também não tem motivo algum para supor que está cercado de outras pessoas. Pois tudo o que você sabe, seu mundo inteiro — incluindo todas as pessoas que há nele (incluindo até *eu*) — é meramente virtual.

É um pensamento bem assustador. Obriga-o a pensar em si de uma maneira bem diferente. Alguém disse um dia: "Nenhum homem é uma ilha." Mas, se o cético estiver certo, há um sentido em que isso seria falso. Cada um de nós seria um náufrago em sua própria ilha deserta, incapaz de saber alguma coisa do mundo além do horizonte de nossas próprias experiências sensoriais. Estaríamos fechados para o mundo além e isolados uns dos outros. Seríamos prisioneiros de nossas próprias mentes. O cético pinta um quadro muito solitário.

Em outro sentido, porém, o ceticismo pouco importa. Não altera em nada nossa vida cotidiana. Mesmo os céticos continuam vivendo sua rotina diária. Alimentam seus gatos. Lavam suas roupas. Vão trabalhar. Encontram um amigo para tomar café. Nem mesmo o cético consegue realmente evitar acreditar que o

Como saber se este mundo é virtual ou não?

mundo que vê é real, apesar de não encontrar *razão* para acreditar que é real. Parece que nascemos naturalmente crentes: não podemos fugir disso.

Mas o cético tem razão? Eu não tenho tanta certeza. O que você acha?

Arquivo 3

Onde estou?

Matilda

Esta é minha tia Matilda.

Como você vê, hoje Matilda é bastante idosa: tem 75 anos. Com o passar do tempo, ela mudou muito. Mudou fisicamente, é claro. Agora, tem cabelos brancos, quando em outros tempos eles eram castanhos. Agora precisa usar óculos e uma bengala. Há muito tempo, quando Matilda era bebê, pesava poucos quilos. Hoje, pesa mais de 80 quilos.

Dê uma olhada no álbum de fotografias de Matilda.

Ao examinar este álbum, você pode ver muitas dessas mudanças ocorrendo.

É claro que Matilda também mudou mentalmente. Seu estoque de memórias foi aumentando com os anos. Ela também esqueceu muitas coisas. Durante a infância, sua inteligência e sua personalidade desenvolveram-se bem rapidamente. E mesmo nos últimos anos, sua personalidade continuou passando por pequenas mudanças. Por exemplo, hoje ela não se irrita mais quando não consegue terminar suas palavras cruzadas.

Mas, apesar de todas as mudanças físicas e psicológicas que Matilda sofreu ao longo dos anos, é ainda e sempre a mesma pessoa que vemos em cada fotografia. Continua sendo Matilda.

Identidade pessoal

Examinemos agora a questão: o que une a criança de 2 anos, a criança de 5, a menina de 10, a moça de 25, a mulher de 50 e a senhora de 75 anos e, é claro, Matilda como é hoje em uma única pessoa? O que *faz* com que todas elas sejam uma única e mesma pessoa?

Esta é uma questão de *identidade pessoal*. De um modo geral, o que queremos saber é: em que consiste, essencialmente, a identidade de uma pessoa? Os filósofos vêm se perguntando isso há mais de dois mil anos. E, como veremos, é uma questão muito difícil de responder.

Na verdade, a resposta a essa pergunta pode até parecer óbvia. Sem dúvida, a criança de 2 anos, a criança de 5, a menina de 10, etc. nas fotografias, todas compartilham o *mesmo corpo vivo*.

E é claro que com isso não quero dizer que é a *mesma porção de matéria* a cada vez. Mesmo porque a matéria do corpo de Matilda foi sofrendo alterações à medida que ela envelhecia. Cada corpo vivo é composto de milhões de células, e essas células são substituídas gradualmente.

Mas o mesmo organismo vivo permanece, apesar de todas essas mudanças. E isso, você talvez argumentasse, é o que determina a identidade de uma pessoa. O que faz com que aquela criança de 2 anos, a criança de 5, a menina de 10, etc. sejam a mesma e única pessoa — isto é, Matilda — é justamente o fato de compartilharem o mesmo corpo vivo: aquele que ela ainda conserva hoje.

Mas não tenho tanta certeza de que a resposta "óbvia" é a correta. Na verdade, o caso imaginário que vou contar agora parece mostrar que ela está errada.

O caso da troca de cérebros

Estes são Fred e Bert.

Fred e Bert vivem em lados opostos da cidade e nunca se encontraram. Fred tem cabelos ruivos, é magro e mede 1,75 m de altura. Bert é careca, realmente muito gordo e tem quase 2 metros. Bert também tem uma perna de pau.

Uma noite, dois marcianos — Blib e Blob — invadem a casa de Fred enquanto ele está dormindo. Blib e Blob drogam Fred e, então, com seus avançados conhecimentos cirúrgicos, abrem o topo da cabeça de Fred. Utilizando métodos complexos de reconhecimento, registram com precisão como o cérebro de Fred está conectado com o resto de seu corpo. Depois removem-lhe o cérebro.

Então, Blib e Blob atravessam a cidade em seu disco voador com o cérebro de Fred. Do outro lado encontram-se com dois outros cientistas marcianos, Flib e Flob, que fizeram exatamente a mesma operação em Bert. As duas equipes de marcianos trocam informações sobre as conexões originais dos dois cérebros. Então, Flib e Flob voam rumo à casa de Fred, onde instalam o cérebro de Bert no corpo de Fred. E Blib e Blob instalam o cérebro de Fred no corpo de Bert.

Os marcianos reconstituem os crânios de Fred e Bert e costuram seus escalpos com uma técnica especial que não deixa cicatrizes. Depois de limpar todos os vestígios de sua presença nas duas casas, finalmente vão embora.

O dia amanhece. A pessoa na cama de Fred acorda e olha ao seu redor. Não sabe onde está. "Este não é meu quarto", pensa. Passa por um espelho e toma um susto ao se ver. Sua aparência parece-lhe completamente mudada. Achava que era gordo, mas agora está magro. Achava que tinha quase 2 metros, agora tem 1,75 m. Tem certeza de que era careca, mas agora tem uma cabeleira ruiva. Parece lembrar-se de que tinha olhos castanhos, mas agora são azuis. Achava que tinha uma perna de pau, mas agora tem duas pernas normais. "O que aconteceu comigo?", pergunta-se.

Alguém bate à porta. A pessoa com o corpo de Fred abre-a. É o carteiro.

— Bom dia, Fred — diz o carteiro. O carteiro acha que está falando com Fred porque é o corpo de Fred que vê diante dele.

Mas a pessoa com o corpo de Fred responde:

— Eu não sou Fred! Sou Bert! O que está acontecendo?

Sem dúvida, a pessoa que acordar na casa de Bert terá uma surpresa semelhante.

Onde Fred e Bert terminam?

Agora reflita: *onde Fred e Bert terminam?*

Quando penso nessa história, parece-me correto dizer que o que aconteceu é que Fred agora tem o corpo de Bert e Bert, o de Fred. Fred e Bert tiveram seus *corpos trocados*. Pois a pessoa com o corpo de Fred tem o cérebro de Bert. E tem, portanto, todas as recordações de Bert. Também tem todos os traços da personalidade de Bert. Gosta, como Bert, de bolo de carne, detesta música clássica, tem pavio curto, não mede as palavras, e assim por diante. Até *acredita* que é Bert. Mas então com certeza a pessoa com o corpo de Fred é *realmente* Bert. Afinal, ela não dispõe de tudo o que é essencial para continuar sendo Bert?

Agora, voltemos à nossa questão original: o que faz com que esta pessoa de 2 anos, de 10 anos, de 25 anos, e de 75 anos

sejam uma única e mesma pessoa? Nossa primeira resposta foi: o fato de compartilharem o mesmo corpo vivo, ou seja, aquele que Matilda conserva até hoje. Agora, porém, parece que *esta resposta pode não estar correta*.

O que o caso da troca de cérebros parece nos mostrar é que uma pessoa *não* precisa necessariamente terminar onde seu corpo termina. No caso da troca de cérebros Fred não termina onde seu corpo termina. Fred termina com o corpo de Bert, e Bert acaba com o corpo de Fred.

É claro que trocas de cérebro não acontecem no curso normal das coisas. As pessoas, normalmente, acabam onde seus corpos acabam. Mas o caso da troca de cérebros parece mostrar que seria pelo menos *possível* uma pessoa trocar de corpo.

Matilda, é verdade, terminou com o mesmo corpo. Mas não precisava. Se, a determinada altura, o cérebro dela tivesse ido parar em um corpo diferente, então ela terminaria com aquele corpo diferente.

Uma objeção

Alguns filósofos (obviamente, não todos) se convencem com esse argumento da troca de cérebros. Lembram-no para mostrar que ter um corpo em particular não é essencial no que diz respeito à identidade pessoal.

Mas talvez você não tenha se convencido disso com esse argumento. Talvez você não acredite que a pessoa com o corpo de Bert será Fred. Uma das suas objeções pode ser que você acredite que a pessoa com o corpo de Bert não será tão parecida com Fred afinal. Suponha que Fred fosse um exímio corredor. Suponha que conquistou medalhas de ouro nos Jogos Olímpicos.

Onde estou?

Correr, para Fred, era a própria razão de sua vida. Ora, a pessoa com o corpo de Bert descobre-se num corpo muito gordo, fora de forma e com uma perna de pau. Sem chances de correr. Compreensivelmente, isso afeta enormemente sua personalidade. Em vez de ser feliz e expansivo como antes, ele pode tornar-se depressivo e, quem sabe, até propenso ao suicídio. Mas então ele *realmente não é Fred* porque Fred é uma pessoa feliz e expansiva.

Não concordo com isso. Não acho que isso demonstre que não seria Fred quem tem agora o corpo de Bert. É claro que encontrar-se com um corpo tão diferente poderia levá-lo a uma depressão. Mas acho que ainda seria *Fred* quem cairia em depressão. Esqueçamos a troca de cérebros por um momento. Imagine que, no curso *normal* das coisas, Fred perca uma perna, perca os cabelos e de repente engorde 20 quilos por causa de uma doença. Isso também o faria cair em depressão. Mas com certeza ainda *seria* Fred. Fred não deixaria de ser Fred só porque caiu em depressão.

Claro que, se isso acontecesse mesmo a Fred, poderíamos dizer que "Fred não é mais a mesma pessoa". Poderíamos até dizer que "Fred não é mais a pessoa que costumava ser". Mas não quereríamos dizer com isso que a pessoa a quem estamos sendo apresentados não é Fred. Só quereríamos dizer que ele mudou bastante. Afinal, dizer que "Fred não é mais a pessoa que costumava ser" não seria admitir que ele continua sendo Fred?

Não concordo, portanto, com essa objeção. Só porque a pessoa com o corpo de Bert caiu em depressão, enquanto antes Fred era feliz e expansivo, não prova que não é Fred quem está agora com o corpo de Bert.

O caso dos cérebros escaneados

Talvez nada disso o tenha convencido ainda. Você pode dizer que o corpo é importante no que diz respeito à identidade pessoal, mas não é o corpo inteiro que é importante, só um pedacinho dele. O pedacinho importante é o cérebro. Você pode concordar que Fred e Bert trocaram de corpos. Mas não trocaram de cérebros. Fred e Bert ainda terminam onde seus cérebros terminam. Logo — você talvez diga —, o caso da troca de cérebros não prova que não seja o cérebro que determina onde a pessoa termina.

Concordo que o caso da troca de cérebros não prova que não seja o cérebro que determina onde a pessoa acaba. Mas façamos algumas modificações na história. Suponha que os marcianos, em vez de *trocar* os cérebros, utilizem um *scanner cerebral*. O *scanner* cerebral funcionaria assim. A máquina está conectada a dois capacetes.

SCANNER CEREBRAL MK1

Quando esses capacetes são colocados na cabeça de duas pessoas, a máquina registra exatamente como os dois cérebros dentro delas estão conectados, como todos seus neurônios estão ligados, como suas substâncias químicas estão equilibradas, etc. Toda essa informação é armazenada na máquina. Então, ao apertar-se um botão, essa informação é usada para reestruturar cada cérebro exatamente como o outro cérebro estava estruturado.

Parece que a personalidade, as memórias e outros atributos psicológicos da pessoa são determinados pela maneira como seu cérebro está estruturado. Assim, trocando a maneira como os cérebros estão estruturados, o *scanner* cerebral *também* troca todos esses atributos psicológicos.

Agora, imagine que, em vez de trocar os cérebros de Fred e Bert, Blib e Blob simplesmente usassem esse *scanner* cerebral. Reestruturariam o cérebro de Fred como o de Bert estava estruturado e reestruturariam o cérebro de Bert como o de Fred estava estruturado. Note que os dois cérebros ficariam onde estavam. Passariam simplesmente por uma reorganização.

Ao reorganizar os dois cérebros, Blib e Blob transfeririam de um para outro os dois conjuntos de memórias e traços de personalidade. A memória e os traços de personalidade de Fred passariam do seu corpo para o de Bert, e a memória e a personalidade de Bert passariam para o corpo de Fred.

Depois de processar essa transferência nos inconscientes de Fred e Bert, os marcianos recolocariam a pessoa com o corpo de Fred na cama de Fred e a pessoa com o corpo de Bert na cama de Bert.

Não é preciso dizer que o resultado seria o mesmo do caso da troca de cérebros. A pessoa que acordasse na cama de Fred na manhã seguinte teria as memórias e a personalidade de Bert. Mais uma vez, ela tomaria um susto com sua aparência, pensaria que é Bert, etc.

Agora, reflita: onde terminam Fred e Bert? Com certeza, Fred termina com o corpo de Bert, e Bert com o corpo de Fred, exatamente como no caso da troca de cérebros. Mas, se essa história é factível, então *uma pessoa não precisa acompanhar seu cérebro para onde ele for*. No curso normal das coisas, as pessoas terminam onde terminam os seus cérebros. Mas parece pelo menos *possível* que as pessoas troquem *todo o* seu corpo, até seu cérebro.

Na verdade, o que o caso do *scanner* cerebral parece nos mostrar é que o que determina a identidade de uma pessoa é onde as memórias e os traços de personalidade importantes terminam e não onde seu corpo ou de fato qualquer parte dele termina.

Uma pessoa é como uma corda?

Chegamos à perspectiva de que o importante, no que diz respeito à identidade pessoal, é ter as memórias e os traços de personalidade certos. O que faz com que a pessoa seja Bert no corpo de Fred é que ela tem as memórias e os traços de personalidade de Bert. Mesmo que ela não tenha mais o corpo de Bert.

Se isso é verdade, então o que faz com que aquela pessoa de 2 anos, de 10, de 25 e de 75 anos no álbum de fotografias de Matilda sejam a mesma e uma única pessoa é o fato de essas pessoas compartilharem as mesmas memórias e traços de personalidade. É isso que as amarra como uma única pessoa. É verdade que Matilda teve um só e o mesmo corpo vivo durante a vida inteira, mas não é isso que *faz* dela a pessoa de 2 anos, de 10, de 25, etc. todas Matilda. Não existe, em princípio, razão alguma para que Matilda não troque de corpo com alguém, como Fred e Bert trocaram.

É claro para esta pessoa de 75 anos:

ser a mesma pessoa que esta de 2 anos:

elas não precisam ter *todas* as mesmas memórias. Isso seria ridículo. Na casa dos 70 anos, há coisas que Matilda se lembra de ter feito que ainda não tinha feito aos 2 anos. E também há muitas coisas que fez das quais ela já se esqueceu completamente.

O que parece importante, no que diz respeito à identidade pessoal, é que é preciso haver a espécie correta de *continuidade* das memórias e da personalidade. Obviamente, uma pessoa não precisa ter exatamente as mesmas memórias e exatamente a mesma personalidade durante toda a vida. Mas tem de haver, no mínimo, uma espécie de *sobreposição*.

Aqui está um exemplo dessa sobreposição. A memória de Matilda é muito ruim. Ela nada lembra de quando tinha 2 anos, ou mesmo de quando tinha 5. Mas ainda consegue lembrar alguma coisa de quando tinha 10 anos. Suponha também que, quando ela tinha 10 anos, ela pudesse *então* lembrar alguma coisa de quando tinha 5, embora também não conseguisse lembrar nada de quando tinha 2 anos. E suponha que no tempo em que ela tinha 5 anos ela conseguisse lembrar *então* alguma coisa de quando tinha 2.

Então, existe uma série de memórias sobrepostas ligando a Matilda de agora à Matilda de 2 anos, apesar de hoje ela não ter memória alguma de si mesma de quando tinha 2 anos.

Pode-se imaginar a vida de Matilda como se fosse um pouco como uma corda. A corda é feita de fibras sobrepostas, todas elas bem menores que a própria corda. Algumas fibras vão do início até um terço do comprimento da corda, outras chegam a atingir de um quarto a três quartos do comprimento, outras não ultrapassam o comprimento do terço final da corda. Nenhuma das fibras que saem de uma ponta da corda pode ser encontrada saindo da outra ponta. No entanto todas essas fibras formam uma única corda devido à maneira como as fibras se sobrepõem. Do mesmo modo, as memórias e os traços de personalidade de Matilda são hoje bem diferentes dos que ela tinha aos 2 anos. E, ainda assim, esta pessoa de 2 anos   e esta pessoa de 75 anos

são ambas Matilda porque há uma série sobreposta de memórias e traços de personalidade unindo-as.

Reencarnação

Se o que faz uma pessoa ser ela é a posse da personalidade e das memórias adequadas, independentemente de ter o mesmo corpo físico, então parece plausível que, quando alguém morre, pode voltar depois com um corpo diferente. Talvez isso não aconteça de fato, mas a questão é que *poderia* acontecer.

Retornar à vida com um corpo diferente é *reencarnar*. Algumas religiões afirmam que todos nós reencarnamos.

Onde estou?

Uma forma de você reencarnar seria usar, alguns minutos antes de morrer, o *scanner* cerebral que mencionei acima para escanear seu cérebro, e depois usá-lo para reestruturar o cérebro de outra pessoa, de modo que suas memórias e seus traços de personalidade fossem transferidos para o corpo dela.

Assim, talvez a ciência ainda nos permita que reencarnemos um dia. É claro que não seria muito justo você invadir o corpo de outra pessoa. Porque, então, o que aconteceria com elas? Mas talvez se fabrique um novo para você por clonagem ou qualquer outro processo. Aí, você poderia viver séculos. Seria só trocar o corpo estragado por um novo, da mesma maneira que trocamos um carro velho por um novo.

A alma

Algumas pessoas, principalmente as religiosas, acreditam que todos nós temos uma *alma*. A alma é uma coisa muito peculiar. Não estamos falando de uma coisa física, feita de coisas físicas. Estamos falando de algo *não-físico*. Na verdade, a alma é uma coisa sobrenatural — a coisa que muita gente acredita que vá para o céu quando o corpo físico de alguém morre.

Sua alma, se é que você tem uma, aparentemente está ligada a seu corpo físico. Controla seu corpo físico. Mas pode ser separada de seu corpo. Na verdade, sua alma pode existir sem nenhum corpo físico.

Sem dúvida, se cada pessoa tiver realmente uma alma, então é possível, em princípio, as pessoas trocarem de corpos. Sua alma poderia vir a ser conectada a um corpo físico diferente.

Contudo, é importante notar que, ao sugerir que você troque de corpo com alguém, *não* estou sugerindo que você tem uma alma. Sem dúvida, se temos almas, a troca de corpos é possível. Mas *não* se segue daí que, se a troca de corpos é possível, então temos almas.

Estou sugerindo que o único requisito para que as pessoas troquem de corpos é que certas propriedades psicológicas (como o mau humor ou ser capaz de lembrar dos tempos da guerra) possam ser transferidas de um corpo para outro. Você não precisa transferir nenhuma parte física de um corpo para o outro, nem mesmo o cérebro. Mas tampouco tem de transferir alguma espécie de coisa não-física, sobrenatural, tipo alma de um corpo para o outro.

Na verdade, como pretendo explicar agora, mesmo que existam coisas como almas, parece que não é o fato de uma pessoa ter sua alma que a torna você.

O caso da troca de almas

Suponha que você e eu tenhamos cada um uma alma. E que *essas duas almas irão trocar de lugar em dois minutos*. No entanto, todo o resto — inclusive nossas memórias e nossos traços psicológicos — permanecerá onde está. Minha alma tomará posse de seu corpo, das memórias que você tem e dos traços de sua personalidade. E sua alma ficará com os meus.

Observe que, após a troca, tudo parecerá exatamente igual, não só para os outros, *como para nós mesmos* (onde quer que terminemos). Porque a pessoa que acaba com esse corpo terá as memórias e os traços de personalidade que já estavam nele. Assim, mesmo que você termine com esse corpo, você não lembrará de nenhuma troca. Porque não lembrará nada de seu passado, só do meu.

Imagine que essa troca de almas aconteça. Onde você e eu terminamos? Se dissermos que a pessoa é a alma, e então que a pessoa vai aonde sua alma vai, temos de dizer que a pessoa com seu corpo, suas memórias e seus traços de personalidade agora sou eu. E que a pessoa com meu corpo, minhas memórias e meus traços de personalidade é agora você.

Mas há algo errado nisso, não há? Certamente que a pessoa com seu corpo não serei eu, apesar de ela ter ficado com minha alma. Porque ela não tem *nada parecido comigo*. Ela não tem nenhuma das minhas memórias. Sua personalidade é bem diferente da minha. Quando lhe perguntarem: "Quem é você?", ela dará *seu* nome. Se lhe perguntarem sobre seus parentes, ela falará dos *seus* parentes, não dos meus. Sem dúvida, será difícil convencer essa pessoa de que ela não é quem ela pensa que é.

Na verdade, essa espécie de troca de alma poderia acontecer o tempo todo, e ninguém, nem as pessoas envolvidas, notaria a diferença. Talvez sua alma *tenha* trocado de lugar com a minha há cinco minutos. E daí? Ninguém perceberia. Nem nós!

Ainda que existam coisas como almas, não é mais plausível dizer que você é a pessoa com suas memórias e seus traços de personalidade, tenha a alma que você tiver? Nesse caso parece que não só o corpo é irrelevante no que diz respeito à identidade pessoal, mas também a alma.

Três teorias

Acabamos de examinar três teorias sobre identidade pessoal.

A primeira teoria que examinamos afirma que é o corpo vivo que determina a identidade de uma pessoa. Segundo esta teoria, uma pessoa termina necessariamente onde seu corpo termina. Vamos chamá-la de *Teoria do Corpo* da identidade pessoal. O caso do *scanner* cerebral parece demonstrar que a teoria do corpo está errada: é possível as pessoas trocarem de corpo.

Também verificamos a teoria de que cada pessoa tem uma alma imaterial e que é isto que determina sua identidade. De acordo com esta teoria, a pessoa necessariamente termina onde sua alma termina. Vamos chamá-la de *Teoria da Alma* da identidade pessoal. Ao que parece, mesmo que as almas existissem, seria possível as pessoas trocarem de alma umas com as outras, o que significa que a Teoria da Alma também é incorreta.

Sendo assim, a teoria que parece mais plausível é a de que são nossas memórias e nossos traços de personalidade que determinam a identidade pessoal. Vamos chamá-la de *Teoria do Fluxo* de identidade pessoal. Na Teoria do Fluxo, o que une as pessoas de 2, de 5, de 10, de 25 anos, etc. que aparecem no álbum de fotografias de Matilda em uma mesma e única pessoa é o fato de haver um fluxo de memórias e traços de personalidade unindo-as. Elas têm continuidade psicológica. Se esse fluxo psicológico pudesse ser transferido para outro corpo, ou mesmo de uma alma para outra (se é que as almas existem), Matilda também seria transferida.

O Caso do Transportador de Marte e o Problema dos Dois-de-Você

Tentei tornar a Teoria do Fluxo a mais plausível possível. Mas agora devo confessar que existe um sério problema com ela. Vou chamar esse problema de *Problema dos Dois-de-Você*.

Para explicar o Problema dos Dois-de-Você, examinemos outro caso de ficção científica, um exemplo que chamarei de o *Caso do Transportador de Marte*.

Suponha que cientistas marcianos desenvolvam uma máquina capaz de escanear um corpo humano (ou qualquer objeto físico que lhes interesse) e então fabriquem uma cópia igualzinha dele até o último átomo. Eles o convidam para conhecer esta máquina. Pedem que você entre num pequeno compartimento e aperte um botão vermelho para acionar a máquina. Você entra. Ouve um zap. Seu corpo normal é instantaneamente vaporizado. Mas, um segundo antes de ser destruído, é escaneado e todas as informações necessárias para copiar o corpo são enviadas para Marte, onde há uma máquina igual. A máquina em Marte copia seu corpo. Toda essa operação dura no máximo dois segundos.

É claro que a pessoa que sai do compartimento em Marte não é parecida com você apenas fisicamente. Tem também sua continuidade psicológica. Tem todos os seus traços de personalidade. Tem todas as suas memórias. Aparentemente lembraria o momento em que você entrou na máquina na Terra e apertou o botão vermelho.

Os arquivos filosóficos

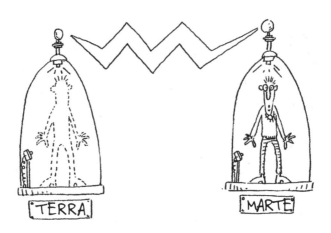

Ora, se aceitarmos a Teoria do Fluxo de identidade pessoal, então temos de admitir que a pessoa em Marte *é realmente* você. Porque aquela pessoa tem a sua continuidade psicológica. O que temos de fato aqui é um *transportador*. A máquina pode transportar pessoas da Terra para Marte e trazê-las de volta à Terra, se quiserem. Talvez você ache isso plausível. Talvez você ficasse satisfeito em entrar em uma máquina, apertar um botão e pensar que está zarpando para Marte.

Mas não estou bem certo disso. Mudemos um pouquinho a história. Imagine que nós programássemos a máquina para tirar, não *uma*, mas *duas* cópias de você em Marte. As duas pessoas que saíssem da máquina em Marte teriam, ambas, sua continuidade psicológica. Alguém poderia argumentar que, neste caso, o fluxo psicológico se dividiria em dois ramos.

Esta história coloca a Teoria do Fluxo em sérios apuros, porque diz que pelo fato de as duas pessoas terem a sua continuidade psicológica, as duas pessoas *são* você. As duas pessoas são a única e mesma pessoa que você. Mas elas não *podem* ser a mesma pessoa que você, porque daí se concluiria que as duas pessoas são a mesma e única pessoa, o que claramente elas não são. Elas são duas, e não uma só. Elas podem ser *exatamente iguais*, mas não podem ser *a mesma e única pessoa*. Então, parece que a Teoria do Fluxo não pode estar certa.

A Teoria do Fluxo Único

Vimos que a possibilidade de divisão do fluxo psicológico provoca um grande problema para a Teoria do Fluxo. Será possível alterar a teoria para resolver o problema?

Alguns filósofos sugeriram que basta adicionarmos uma pequena condição para resolver o problema. A condição é que *o fluxo psicológico não seja dividido*. Diz que, se em qualquer ponto o fluxo psicológico se dividir em dois ramos, então *nenhum* dos indivíduos será idêntico ao indivíduo original. No momento em que acontece a divisão, duas novas pessoas ganham vida, e o indivíduo original deixa de existir. Se o fluxo, contudo, nunca se dividir — se houver só um indivíduo final em continuidade psicológica com o original —, então o indivíduo original e o final serão sempre uma única e mesma pessoa.

Vamos chamar essa teoria de Teoria do Fluxo Único de identidade pessoal.

O canhão duplicador

Um problema com o qual a Teoria do Fluxo Único tem de lidar pode se apresentar com duas outras experiências a serem consideradas.

Suponha que os cientistas marcianos desenvolvam uma máquina de escanear que consiga escanear corpos humanos a partir de uma grande distância e então copiá-los. Vamos chamá-la de *canhão duplicador*. Saio de minha casa e começo a andar pela rua. Sem que eu saiba, alguns marcianos voando pelo espaço apontam o canhão duplicador na minha direção e apertam um botão. A máquina de modo instantâneo capta exatamente como sou constituído fisicamente e produz uma cópia fiel minha, átomo por átomo, a bordo da espaçonave. É claro que a cópia que aparece no compartimento da espaçonave tem minha continuidade psicológica. Sua sensação será de que saiu de casa, começou a andar pela rua, quando, de repente, a rua transformou-se em disco voador marciano. Na Terra, a pessoa com meu corpo original chega ao fim da rua e dobra a esquina. Esqueceu o que aconteceu.

Nesta história, meu fluxo psicológico foi dividido em dois. Agora, há dois indivíduos que são psicologicamente iguais ao eu original: o indivíduo que chega ao fim da rua e dobra a esquina; e o indivíduo que sai do compartimento na espaçonave. E eu, onde estou? De acordo com a Teoria do Fluxo Único, *nenhum dos dois* sou eu. No momento em que o canhão duplicador foi acionado, o eu original desaparece, e duas novas pessoas ganham existência. Nem a pessoa que sai do compartimento na espaçonave, *nem a pessoa que chega ao fim da rua* é Stephen Law. Stephen Law *deixou* de existir.

Onde estou?

Mas isso não é absurdo? Como os marcianos podem acabar com minha existência só por tirarem uma cópia de mim? Tenham ou não os marcianos tirado uma cópia de mim enquanto eu andava na rua, ainda sou *eu* quem chega ao final da rua e dobra a esquina. Mas é precisamente isso o que a Teoria do Fluxo Único nega. Então parece que a Teoria do Fluxo Único deve estar errada.

Eis outro caso difícil para a Teoria do Fluxo Único. Suponha que ninguém chegue ao final da rua e dobre a esquina. Os marcianos disparam o canhão duplicador e produzem uma cópia minha como antes, só que, desta vez, enquanto a cópia começa a se materializar, eu saio do meio-fio da calçada, e um caminhão que vem passando esmaga meu corpo no chão (esqueci-me de olhar).

Onde é que estou agora? Será que ainda existo? Segundo a Teoria do Fluxo Único, *sim*, eu ainda existo. Na verdade, eu fui *transportado para a espaçonave*. Porque nesta história só um indivíduo final tem continuidade psicológica com o eu original: a pessoa que sai do compartimento na cabine da espaçonave. Então, para a Teoria do Fluxo Único, a pessoa a bordo da espaçonave sou eu.

Mas isso não é outro absurdo? Com certeza estou *morto*. O fato de os marcianos terem feito uma cópia exata de mim um segundo antes de um caminhão esmagar meu corpo não altera este fato. Pode até haver uma pessoa *muito parecida comigo* naquela espaçonave. Mas aquela pessoa não sou eu.

Então a Teoria do Fluxo Único é posta em xeque porque leva a conseqüências absurdas. É verdade que talvez esses problemas possam ser resolvidos.

Mas talvez não possam. Talvez o que os dois últimos casos de ficção científica envolvendo o canhão duplicador demonstrem é que ter um certo corpo vivo *não* é irrelevante no que diz respeito à identidade pessoal. Talvez tenhamos sido convencidos com demasiada facilidade pelos casos da troca de cérebros e do *scanner* cerebral. Com respeito à primeira história com o canhão duplicador, não parece correto dizer que a pessoa que chega ao final da rua sou eu porque ela tem o mesmo organismo vivo que saiu de minha casa? Não importa que uma réplica desse organismo vivo tenha sido produzida em outra parte. Na segunda história com o canhão duplicador, não parece correto afirmar que a pessoa na espaçonave não sou eu porque ela não é o mesmo e único organismo vivo que saiu de minha casa? Infelizmente, aquele organismo vivo não existe mais: foi esmagado por um caminhão.

Assim, somos apresentados a duas séries de intuições conflitantes. Por um lado, nossas intuições sobre o caso da troca de cérebros e o caso do *scanner* cerebral são que ter um corpo vivo específico é completamente irrelevante no que diz respeito à identidade pessoal. Por outro lado, nos dois casos do canhão duplicador, nossas intuições são de que ter um corpo vivo específico é de fato muito importante no que concerne à identidade pessoal. Em qual das duas séries de intuições conflitantes devemos confiar? Eu, de minha parte, admito: estou confuso.

As questões que estamos discutindo aparecem em minha última história de ficção científica abaixo. A história termina com a minha pessoa diante de um dilema terrível. Deixarei que você decida o que devo fazer.

Onde estou?

Férias permanentes?

Um dia desses, Blib e Blob vieram me visitar. Montaram sua máquina "transportadora" (da qual falamos antes) em minha sala de visitas e explicaram-me como funcionava. Como demonstração, usaram-na para "transportar" Blib de um compartimento de um lado da sala para um outro do lado oposto. Depois ele fez o percurso inverso.

— Viu? — disse Blob. — É completamente seguro!

Blib e Blob explicaram que haviam instalado compartimentos semelhantes por todo o universo, nos seus lugares favoritos para passar as férias. E sugeriram que eu os aproveitasse para dar uma volta pelo universo. Bastaria eu entrar no compartimento à minha frente, digitar o meu primeiro destino e apertar o botão vermelho.

"Que oportunidade incrível", pensei.

Entrei, digitei meu destino (decidi visitar uma nave espacial na órbita de Saturno) e apertei o botão. De lá, passei meses viajando para todo tipo de destino exótico. Nunca me diverti tanto.

Só que, um dia, enquanto me bronzeava em uma praia de um lindo planeta deserto no ponto mais afastado da Galáxia, comecei a pensar com maior cuidado no "transportador" marciano.

Uma dúvida incômoda começou a me corroer. Não tinha mais certeza de que queria entrar novamente no compartimento do qual saíra havia poucas horas, selecionar um destino e apertar o botão outra vez. Porque não estava mais certo de que aquilo era mesmo um transportador. Talvez Blib e Blob tivessem se convencido de que era um transportador, mas talvez estivessem enganados. Talvez toda vez que uma pessoa entrasse e apertasse o botão, ela simplesmente *morresse*. Porque o organismo vivo que entrava e apertava o botão era instantaneamente vaporizado. O organismo vivo que era produzido em outro lugar era apenas uma cópia do original.

Então um pensamento horrível se apossou de mim. Se isso fosse verdade, então *Stephen Law já tinha morrido havia vários meses*. Ele tinha se matado quando entrou no primeiro compartimento e apertou o botão. Não sou Stephen Law (apesar de achar que era). Sou apenas alguém *exatamente como* Stephen Law. Na verdade, eu só existi por poucas horas: as poucas horas desde que saí do compartimento lá.

Onde estou?

    Então, o que eu devo fazer? Permanecer aqui sozinho, isolado para sempre em um planeta distante da Galáxia? Ou devo entrar no compartimento, digitar Terra e apertar aquele botão vermelho? Se eu fizer isso, será que a pessoa que saltar da cabine na Terra serei eu mesmo? Ou será uma simples cópia? Será que eu vou voltar para casa? Ou será que vou morrer? O que você acha?

Arquivo 4

O que é real?

O mundo ao meu redor
Este é meu escritório.

Como você vê, estou trabalhando no computador. Sobre minha escrivaninha há uma tigela cheia de maçãs. Há também algumas tigelas tibetanas que comprei quando fui à Índia. Ao lado da escrivaninha, há uma estante cheia de livros. Dentro da lareira estão algumas flores secas bem empoeiradas. E, do outro lado do escritório, há uma janela. Dá para ver algumas árvores e nuvens, e o sol brilhando lá fora. Além delas, as flechas das torres de Oxford.

Bem, se você perguntar a alguém: *o que é a realidade?*, a maioria das pessoas provavelmente vai responder-lhe que é aquilo que estou experimentando agora ao meu redor. O mundo das escrivaninhas e das cadeiras, das árvores e das nuvens: isto é a realidade; isto é o mundo real.

Mas nem todos concordariam com essa resposta. Platão, em particular, não concordaria. Segundo Platão, o que vejo ao meu redor é, na verdade, apenas sombras. O mundo real está escondido de nossos cinco sentidos. Não pode ser visto, tocado, ouvido, cheirado ou degustado.

Como é esse mundo oculto? Segundo Platão, simplesmente maravilhoso.

Contém tudo o que é essencial e perfeito. Sempre existiu e sempre existirá. É o lugar de onde viemos. E é o lugar para o qual iremos quando morrermos.

Platão também diz que, se quisermos o conhecimento, é a esse mundo além das sombras que devemos nos dirigir. Nossos cinco sentidos não podem fornecer-nos o conhecimento de como as coisas são *realmente*. Então, de que modo descobrimos como as coisas são além das sombras? Como veremos, Platão argumenta que o único caminho para o conhecimento genuíno é o uso da razão.

Este capítulo é sobre o mundo de Platão além das sombras. Será que ele existe mesmo?

Platão

Quem era Platão?

Platão nasceu há cerca de dois mil e quinhentos anos na Grécia antiga. Talvez seja o mais famoso de todos os filósofos. De fato, Platão é considerado por muitos o pai da filosofia.

O que é real?

Uma boa maneira para começar a conhecer Platão é por meio de uma história — uma história contada por Platão durante todos aqueles anos (eu mudei um pouquinho a história, mas é basicamente a mesma).

A história da caverna de Platão

Há uma caverna. E, bem no fundo dessa caverna, são mantidos alguns prisioneiros. Os prisioneiros são mantidos acorrentados, voltados para uma parede. Nunca lhes permitem virar-se e ver o que há atrás deles. Portanto, os prisioneiros passam sua vida inteira olhando só para a parede.

Então, um dia, um dos prisioneiros — vamos chamá-lo de "Alf" — é libertado. Ele se vira e olha para cima.

A princípio, Alf é ofuscado por uma luz brilhante, que fere seus olhos. Mas logo os olhos de Alf se adaptam.

Assim que seus olhos se acostumam à luz, Alf começa a ver que acima dos prisioneiros e atrás deles há um fogo. Foi esse fogo que de início o ofuscou. E, entre o fogo e os prisioneiros, há uma trilha, assim:

A trilha é usada pelos carcereiros. Alf vê que, quando os carcereiros andam pela trilha carregando objetos, os objetos que estão carregando projetam sombras na parede diante dos prisioneiros.

Ora, Alf nunca vira um objeto real. Quando era prisioneiro, só via as sombras que eram projetadas na parede. Portanto, como todos os outros prisioneiros, acabou supondo que aquelas sombras eram objetos reais. Confundiu o que via na parede com a realidade.

Mas agora Alf compreende como ele e os outros prisioneiros foram ludibriados. Entende afinal que o que havia considerado anteriormente o mundo real era apenas um desfile de sombras. Percebe que o mundo *real* tinha sido escondido dele.

Um pouco depois, alguns carcereiros conduzem Alf da caverna até a luz do sol lá fora. A claridade da luz torna, a princípio, a cegá-lo. Mas aos poucos os olhos de Alf adaptam-se. Finalmente, ele reconhece o sol.

O que é real?

Alf é um homem bondoso. Não surpreende ele sentir tanta pena dos outros prisioneiros que deixou para trás na caverna. Então decide voltar às profundezas para contar-lhes o que viu, para explicar-lhes como as coisas são *realmente*. Alf tem certeza de que eles querem saber tudo sobre sua jornada no mundo real.

Alf chega ao fundo da caverna; seus olhos não estão mais acostumados ao escuro. Ele tropeça. Esbarra nas coisas. Os outros prisioneiros acham, então, que a jornada de Alf o cegou.

As coisas pioram. Quando Alf começa a explicar-lhes como as coisas *realmente* são, eles nem querem ouvir. Estão satisfeitos, absortos, assistindo às sombras diante deles. Dizem-lhe para calar-se. Agem como uma pessoa rabugenta agiria se o seu programa favorito de televisão fosse interrompido.

Mas Alf não desiste. Quer ajudá-los. Então continua tentando dizer-lhes tudo sobre o mundo oculto que existe acima deles. Os prisioneiros acabam zangando-se de verdade. Começam a gritar com Alf.

— Vá *embora*! — bradam. — Pare de nos amolar com sua conversa tola! *Nós* conseguimos ver perfeitamente bem como as coisas são. É *você* quem está cego!

E, como Alf *ainda* não desiste, os prisioneiros jogam pedras nele. Expulsam-no. E então os prisioneiros desperdiçam o resto de suas vidas contemplando as sombras. Jamais descobrem a verdade.

O mundo além das sombras

Provavelmente você já adivinhou que a história de Platão sobre os prisioneiros na caverna não é somente uma história. Platão está tentando nos dizer alguma coisa. Mas o que ele está tentando nos dizer?

Bem, *nós* somos os prisioneiros na caverna. E as coisas que vemos ao nosso redor são aquelas sombras na parede da caverna. Exatamente como os prisioneiros na caverna, somos iludidos pelas sombras. Confundimos as sombras com a realidade. Supomos que o que vemos é o mundo real. Mas o mundo real não pode ser visto.

Almas

Platão também argumentava que cada um de nós tem uma *alma*. Argumentava que é para esse mundo real que a alma vai quando morrermos. Portanto, não há nada de fato a temer a respeito da morte. Quando você morre, sua alma não pára de existir. Continua existindo. Vai para um lugar bem melhor.

Paraíso

Muitas religiões falam do *Paraíso*. O Paraíso é o lugar para onde supostamente vamos quando morremos (desde que tenhamos sido bondosos).

Ora, a idéia de Platão de um mundo perfeito — o mundo real que está além das sombras — certamente soa um pouco como essa idéia moderna de Paraíso, não é? E não é de todo uma coincidência. Os pensadores religiosos vêm lendo Platão ao longo dos séculos e inspirando-se em suas idéias. A idéia moderna de Paraíso — em particular, a idéia moderna cristã do Paraíso — foi em parte moldada pelas idéias de Platão.

O que é real?

C. S. Lewis e as terras das sombras

O pensamento de Platão influencia nosso pensamento sobre o mundo até hoje. Em particular, a filosofia de Platão desempenhou um papel importante na formação da filosofia, da religião, da arte e da literatura ocidentais.

Vou dar-lhe um exemplo. Você já deve ter ouvido falar de C. S. Lewis. C. S. Lewis era cristão. Escreveu livros infantis sobre uma terra chamada *Nárnia*. O livro mais conhecido sobre Nárnia chama-se *O leão, a feiticeira e o guarda-roupa*.

O último livro sobre Nárnia chama-se *A última batalha*. Nas páginas finais, Nárnia desaparece. A terra é coberta pelo mar, e o sol se apaga. Todas as boas criaturas de Nárnia atravessam uma porta que dá para uma nova terra extraordinária.

Ao chegar a essa nova terra, as crianças que são personagens das histórias de Nárnia perguntam-se onde estariam. Algumas partes da nova terra parecem-se com a Nárnia de que lembram, só que ainda mais maravilhosa. E partes dela se parecem com a Inglaterra de que se lembram, só que, mais uma vez, ainda mais maravilhosa.

Então um dos personagens da história explica para as crianças que a Nárnia e a Inglaterra de que se lembram não eram a Nárnia *real* ou a Inglaterra *real*. Eram apenas *sombras* do mundo real no qual agora elas se encontram. Esse mundo real sempre existiu e vai existir sempre e é diferente da antiga Nárnia e da antiga Inglaterra, assim como um objeto real é diferente de sua sombra.

Finalmente, na última página de *A última batalha*, as crianças perguntam-se como acabaram chegando àquele lugar maravilhoso. Elas têm medo de serem obrigadas a abandoná-lo. Mas aí explicam-lhes que na verdade todas estão mortas — morreram num acidente ferroviário. Passaram do que C. S. Lewis chama de *Terras das sombras* para o mundo real onde viverão felizes para sempre. Suas antigas vidas não passavam de um sonho: este é o alvorecer.

Como você provavelmente adivinhou, C. S. Lewis inspirou-se no mundo real além das sombras de Platão para esta idéia: o mundo real ao qual iremos depois de morrer. De fato, se você ler com atenção *A última batalha*, descobrirá que, perto do final da história, um dos personagens na verdade conta para as crianças que tudo aquilo está em Platão.

Um mundo invisível

Então Platão acredita que *este* mundo — o mundo que você e eu estamos experimentando agora — não é o mundo real. É apenas as Terras das sombras, como Lewis as chama.

O mundo que vemos ao nosso redor pode parecer com o mundo real, mas não é o mundo real.

O que é real?

O mundo real é invisível. Está além do que podemos ver, tocar, ouvir, cheirar e degustar.

Mas *por que* Platão supõe que estamos apenas nas Terras das sombras, que o mundo real está além delas? Qual é a filosofia, o argumento por trás dessa visão extraordinária? É o que vou explicar agora.

A forma da beleza

Aqui estão cinco coisas belas:

São: uma bela flor, uma pessoa bela, uma bela montanha, um pôr-do-sol belo e um belo jardim. É claro que essas cinco coisas belas são diferentes em vários aspectos (por exemplo, a pessoa tem cabelo e a montanha não tem). Mas ainda assim cada uma delas é bela.

Porém o que é a *beleza em si*? Embora cada uma dessas coisas seja uma coisa bela, parece que nenhuma delas é a própria beleza. A própria beleza parece ser outra coisa — algo *adicional*, que existe como acréscimo a todas as coisas isoladas que existem.

Platão chama essa coisa adicional — a própria beleza — de *Forma* da beleza. Diz que o que torna as coisas belas consideradas de forma isolada belas é o fato de compartilharem essa Forma.

Outras formas

Segundo Platão, não são só as coisas belas que compartilham uma Forma comum. As coisas belas são apenas um tipo de coisa. Há muitos outros tipos de coisa. Pegue as cadeiras, por exemplo.

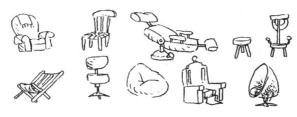

As cadeiras são um tipo de coisa. Portanto, apesar de suas inúmeras diferenças, há algo que todas as cadeiras têm em comum — o algo que as *torna* cadeiras. Segundo Platão, esse "algo" é outra Forma: a *Forma da cadeira*.

Essa forma de cadeira existe como acréscimo a todas as cadeiras isoladas que existem.

Segundo Platão, há muitos outros tipos de Forma. Por exemplo, coisas grandes (como elefantes, montanhas e sequóias) são um tipo de coisa. A elas corresponde a Forma da grandeza. As

O que é real?

ações justas (um exemplo de ação justa seria quando um juiz e um júri punem com justiça alguém por um crime terrível) são ainda outro tipo de coisa. A elas corresponde a Forma da justiça. E assim por diante.

Na verdade, se acompanharmos o raciocínio de Platão a esse respeito, parece que deve haver uma Forma para *todo* tipo de coisa que existe. Deve haver uma Forma da flor, uma Forma das coisas vermelhas, uma Forma da lebre, uma Forma da casa, até uma Forma do *cheeseburger*.

Então, qual é a aparência das Formas de Platão?

As Formas são perfeitas

Em primeiro lugar, *as Formas são perfeitas*. Considere a beleza, por exemplo. Qualquer coisa bela que você experimentar não será *perfeitamente* bela. Sempre poderá ser mais bela. Mas a Forma da beleza — a própria beleza — é perfeita. Pois não pode existir nada mais belo do que a própria beleza, pode?

Todas as coisas que vemos ao nosso redor são imperfeitas. Todas têm defeitos. Todas vão quebrar-se, desgastar-se ou embolorar. Considere as camas, por exemplo. Qualquer cama isolada que você vir não será perfeita. Sempre poderá ser mais confortável. Ela acabará por se estragar ou quebrar. Mas, de novo, a *Forma* da cama é perfeita. Cada forma é o único e exclusivo exemplo perfeito de coisas daquele tipo.

As Formas são invisíveis

Em segundo lugar, *as Formas não são o tipo de coisa que se pode ver, tocar, cheirar, ouvir ou degustar.* Nada do que podemos experimentar jamais é perfeito. Assim, sendo perfeita, a Forma da cadeira não é algo que possamos experimentar. Podemos ver cadeiras perfeitas isoladas, é claro, mas a Forma da cadeira é invisível.

As Formas são mais reais

Em terceiro lugar, as Formas são *mais reais* do que as coisas isoladas que experimentamos ao nosso redor. Porque essas coisas isoladas dependem das Formas para existir.

Olhe para a árvore no meu jardim dos fundos. Durante todo o dia, essa árvore projeta muitas sombras. Também é refletida nas poças e nas vidraças.

Essas imagens efêmeras da árvore são cópias distorcidas e imperfeitas da árvore. Dependem de a árvore estar ali para existirem. Sem a árvore, não poderia haver sombras ou reflexos dela.

Da mesma forma, sem a Forma da árvore, não poderiam existir as árvores específicas. As árvores que vemos em torno de

O que é real?

nós — incluindo a de meu jardim — dependem da Forma da árvore para existirem: são sombras imperfeitas ou reflexos dessa Forma.

E o mesmo acontece com todos os outros objetos que vemos ao redor de nós. Não são os objetos *reais*. Os objetos reais são as Formas, das quais os objetos que vemos são apenas sombras ou reflexos efêmeros.

As Formas são eternas e inalteráveis

Segundo Platão, as formas são *eternas*. Sempre existiram e sempre existirão. Enquanto as coisas belas isoladas podem aparecer e desaparecer, a beleza em si permanece.

As Formas também são *inalteráveis*. É claro que o mundo ao nosso redor muda o tempo todo. As cadeiras e as mesas deformam-se, vergam e quebram. As plantas e os animais crescem, fenecem e morrem. O tempo varia todos os dias. As estações vêm e vão. Eventualmente as montanhas tombam no mar. Tudo se modifica. Mas, segundo Platão, as Formas jamais mudam.

Você pode admirar-se com isso. Pegue a beleza, por exemplo. Não consideramos coisas diferentes belas em épocas diferentes? Por exemplo, hoje, nosso ideal de uma pessoa bela é alguém que é magro, mas não faz muito tempo as pessoas mais roliças eram consideradas mais belas.

As modas mudam. As gerações posteriores talvez achem vulgar ou de fato feio o que em certa época é considerado belo. Portanto, se há uma Forma de beleza, ela não mudaria com o tempo?

Não de acordo com Platão. Ele achava que, embora a moda pudesse mudar, a beleza não mudaria. A beleza *real* é sempre a mesma. É a nossa capacidade de reconhecê-la que varia.

A Forma suprema

Então temos o seguinte: o mundo ao nosso redor não é um mundo real. O mundo real é um mundo escondido de Formas perfeitas, inalteráveis e eternas.

Mas há uma última Forma que ainda precisamos abordar. Há muitas Formas. Portanto, as próprias Formas são um tipo de coisa. Deve haver, portanto, a Forma das Formas.

Com o que se assemelharia a Forma das Formas? Bem, o que todas as Formas têm em comum? Todas elas existem e todas elas são perfeitas. Portanto a Forma das Formas é a Forma da *existência e da perfeição*.

Platão chamava essa Forma suprema de *Forma do Bem*.

A organização das Formas

Então, segundo Platão, as formas estão organizadas assim:

O que é real?

Bem no topo da pirâmide está a Forma do Bem. Abaixo da Forma do Bem estão todas as outras Formas: a Forma da beleza, a Forma da cadeira, a Forma da mesa, e assim por diante. E abaixo dessas Formas estão os objetos específicos que vemos ao nosso redor: por exemplo, uma cama específica.

Assim como as cadeiras, as mesas, as coisas belas, etc. específicas adquirem sua existência e perfeição de suas Formas correspondentes, tais Formas, por sua vez, adquirem sua existência e perfeição da Forma do Bem. Portanto, basicamente toda existência e perfeição flui a partir da Forma do Bem.

Na história de Platão sobre a caverna, a Forma do Bem é representada pelo sol brilhando fora da caverna. Assim como às vezes pensamos no Sol como aquilo de que essencialmente tudo procede (porque faz o dia e a noite, controla as estações e o clima, faz as plantas de que os animais se alimentam crescerem, etc.), a Forma do Bem é aquilo a que essencialmente tudo deve sua existência.

Deus

A idéia de Platão da Forma do Bem — a forma da qual toda existência e perfeição flui — soa muito parecida com a moderna idéia de Deus, não é? Muitas religiões modernas, particularmente o cristianismo, o islamismo e o judaísmo, supõem que o papel de Deus é exatamente este. Deus é aquilo a que tudo deve sua existência e aquilo de que procede toda a perfeição.

Mais uma vez, essa semelhança não é de todo acidental. Aqui está outro exemplo de como as idéias de Platão ajudaram a moldar o pensamento religioso até hoje.

De onde vem o conhecimento?

Experimentamos o mundo ao nosso redor usando nossos cinco sentidos: visão, tato, paladar, olfato e audição.

Como vimos, porém, Platão argumenta que o mundo que experimentamos dessa forma não é o mundo real. O mundo que experimentamos é apenas um mundo das sombras.

Esse é um motivo pelo qual Platão diz que nossos sentidos não podem nos proporcionar o conhecimento genuíno. Segundo Platão, nossos sentidos só podem nos decepcionar. O conhecimento *genuíno* é o conhecimento da realidade verdadeira, do mundo que está além do que os nossos cinco sentidos revelam. O conhecimento genuíno é o conhecimento das Formas.

Mas como chegamos ao conhecimento das Formas se não for por intermédio de nossos sentidos? Segundo Platão, o conhecimento real provém de fazer *filosofia*. O conhecimento real vem do uso da *razão, pensando e refletindo*. Os que querem obter o conhecimento real devem ignorar os sentidos. Devem fechar os olhos, pôr tampões nos ouvidos, sentar em sua poltrona favorita e pensar.

O que é real?

Obviamente, Platão admite que é muito difícil os filósofos desviarem as pessoas do mundo dos sentidos, convencê-las de que o mundo em torno de nós é apenas um mundo de sombras. Afinal, ele *parece* tão real!

O mundo dos sentidos também pode parecer tão sedutor! Aprendemos a amar nossos sentidos e os prazeres que nos trazem: o sabor de um sorvete, o som da música, a visão de uma bela árvore. Mas, segundo Platão, existem prazeres maiores, mais elevados — os prazeres que só a filosofia pode trazer. Comparados com esses prazeres mais elevados, os prazeres dos sentidos são de fato muito grosseiros e desprezíveis.

No entanto, a maioria de nós é cativada por nossos sentidos. Rejeitamos o filósofo que tenta nos desviar do mundo dos sentidos em direção às Formas invisíveis. Platão estava tentando prevenir-nos disso no final de sua história sobre a caverna. Somos como os prisioneiros rabugentos que jogaram pedras em Alf quando ele tentou desviá-los das sombras em direção ao mundo real.

Ciência

Você pode achar a visão de Platão sobre o conhecimento bastante surpreendente. Afinal, hoje, achamos que a *ciência* — física, química, astronomia e o resto — é um dos melhores caminhos para o conhecimento. A ciência apóia-se essencialmente em nossos cinco sentidos: visão, audição, tato, olfato e paladar. Os cientistas fazem *observações*. Observam, ouvem atentamente, espetam, cheiram. Às vezes até lambem. Fazem experiências e examinam os resultados cuidadosamente. Baseiam suas teorias científicas em todas essas diversas observações.

Agora, *certamente*, você deve pensar, não é esse tipo de método *científico* um dos melhores métodos para descobrir o que é o mun-

Os arquivos filosóficos

do realmente? Então Platão não está errado em dizer que nossos sentidos não podem nos trazer o conhecimento verdadeiro?

Talvez você também esteja pensando: como alguém pode descobrir algo de alguma importância sentado em sua poltrona favorita com os olhos fechados? Não seria este o *último* jeito de descobrirmos algo sobre a realidade? Portanto, de novo, Platão não está errado em dizer que a reflexão em silêncio é o único caminho para o conhecimento verdadeiro? Não parece óbvio que nenhum conhecimento genuíno pode ser obtido sem o emprego dos cinco sentidos? Com certeza, a razão sozinha é cega. Nossos sentidos não são a única janela real para a realidade?

Pode ser que Platão esteja errado sobre os cinco sentidos não serem capazes de nos proporcionar conhecimento. Mas talvez exista *alguma coisa* no que ele diz. Talvez seja mesmo verdade que algumas das questões mais importantes são questões que nossos sentidos não podem nos ajudar a responder. Considerem o seguinte argumento.

Um argumento

Algumas das questões mais importantes para nós são questões que perguntam: *o que é X*? Por exemplo, queremos saber: o que é *justiça*? A questão o que é justiça é obviamente muito importante. Queremos que nossa sociedade seja justa. Por exemplo, queremos

O que é real?

que tenha leis justas. Queremos que os tribunais apliquem punições justas: punições que sejam merecidas e adequadas ao crime (por exemplo, não seria muito justo executar alguém por roubar uma maçã da árvore do vizinho, seria?). Portanto é muito importante sabermos o que é justiça. Se não soubermos o que é justiça, não saberemos como construir uma sociedade justa e imparcial.

Outras questões *O que é X?* importantes são: o que é o *bem*? O que é *coragem*? O que é *beleza*?, etc.

Ora, Platão argumentava que, se você ainda não sabe o que é o bem, o que é a coragem, o que é a beleza e quiser descobrir, é impossível descobrir observando o mundo ao redor de você.

Considere a beleza, por exemplo. Pode haver muitas coisas belas ao seu redor. Então por que você não pode descobrir o que é a beleza observando essas coisas? O problema é o seguinte: se você *ainda* não sabe o que é beleza, *não será capaz de dizer quais coisas em torno de você são belas*. Não será capaz de reconhecer a beleza.

Aqui está outro exemplo (que eu acabei de inventar — não é de Platão). Observe esses diferentes objetos:

Suponha que eu lhe dissesse que alguns desses objetos são bliblis e outros não. Você ainda não sabe o que é um blibli, sabe? Você não tem idéia de o que é ser um blibli. Você conseguiria descobrir o que é ser um blibli observando esses diferentes objetos? Não. Claro que não. Afinal você não sabe ainda qual deles é um bibli.

Claro que se agora eu lhe disser que algo é um blibli somente se for um cubo, *então* você saberá quais desses objetos são bliblis.

Você vai poder dizer que só os dois objetos do meio são bliblis. Mas é claro que observar os bliblis não ajudará *agora*, pois você *já* sabe o que é um blibli.

Parece então que, para responder à questão o que é um blibli?, a observação do mundo ao nosso redor não ajuda. Nem, aparentemente, consegue ajudar para responder às questões: o que é justiça? O que é beleza? E assim por diante.

Esse argumento convence-o? Platão tem razão em dizer que os sentidos não conseguem ajudar a responder a questões como: o que é justiça? e: o que é beleza? O que você acha?

A alma e o conhecimento das Formas

Como já mencionei, Platão acredita que cada um de nós tem uma alma imortal. Um motivo pelo qual a alma é importante na filosofia de Platão é que ele a usa para explicar como chegamos ao *conhecimento*. Como acabamos de ver, o verdadeiro conhecimento para Platão não provém dos sentidos, mas do uso da razão. Mas isso levanta a questão: como a razão pode dar-nos o conhecimento das Formas?

A resposta de Platão a essa questão parece ser: por algo que nos *lembre* das Formas. Por meio do raciocínio, *recordamos* o que de certa forma sempre conhecemos. Nossas almas já existiam antes de nossos corpos físicos nascerem. Nossas almas foram apresentadas às Formas naquele tempo. E o conhecimento que temos das Formas é de fato o que lembramos daquela época.

Isso significa, por exemplo, que você é capaz de reconhecer a beleza agora só porque experimentou a Forma da beleza antes de nascer. Funciona também quando você é capaz de reconhecer uma árvore. Antes de nascer, sua alma experimentou a Forma da árvore.

Então, quando você vê uma árvore agora...

... ela lhe recorda a Forma.

É assim que você reconhece que é uma árvore.

Agora que já lhe expliquei a teoria das Formas de Platão, vamos examinar as duas críticas mais conhecidas a ela.

Crítica 1: a Forma do espectro

Platão pinta um quadro glorioso. Seu mundo perfeito, eterno, além das sombras soa certamente maravilhoso. Na verdade, soa como o paraíso. Platão certamente parece pensá-lo como bem paradisíaco.

Ora, um dos argumentos de Platão para as Formas parece ser esse. Sempre que há coisas que formam um *tipo* de coisa (como coisas belas, ou cadeiras, ou qualquer outra coisa), ainda há *mais* uma coisa — uma Forma — que existe como acréscimo a elas. Vamos chamar esse argumento de *Argumento da Coisa Extra*.

Existe, contudo, um problema. Alguns tipos de coisa são bem revoltantes. Por exemplo, os espectros — são um tipo de coisa.

Portanto pelo Argumento da Coisa Extra, também deve haver uma Forma do espectro. Deve haver *um espectro perfeito eterno e inalterável.*

Mas isso não pode existir, não é? O espectro perfeito não soa muito paradisíaco, soa? Supomos realmente que o mundo real, paradisíaco além das sombras contém essas coisas repugnantes? Acredito que não. Certamente, o próprio Platão não pareceu muito entusiasmado com a idéia.

Então, o problema é o seguinte. Ou Platão tem de aceitar que há uma Forma do espectro (o que aparentemente ele não aceitaria) ou tem de admitir que o Argumento da Coisa Extra não é bom. As duas idéias não podem conviver. E, se o Argumento da Coisa Extra não é bom, então não pode ser usado para mostrar que *alguma* Forma existe.

Crítica 2: Formas demais

Uma das maiores críticas a Platão é a seguinte.

Como eu disse, Platão parece usar o Argumento da Coisa Extra. Considere estas camas, por exemplo:

O que é real?

As camas formam um tipo de coisa. Portanto, pelo Argumento da Coisa Extra, deve haver uma coisa *extra* — a cama *perfeita* — que existe como acréscimo a todas elas, assim:

Essa forma é a coisa que todas as camas isoladas têm em comum. Mas

agora as camas originais mais a Forma *também* formam um tipo. Elas também são todas camas, portanto todas têm igualmente algo em comum. Desse modo, pelo Argumento da Coisa Extra, temos de acrescentar uma *segunda* Forma de cama, assim:

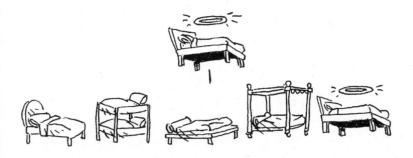

Mas, é claro, as camas originais mais as duas Formas agora também formam um tipo. Elas também são todas camas. Então, pelo Argumento da Coisa Extra, tem de haver uma *terceira* Forma da cama, assim:

Também tem de haver uma quarta Forma da cama, e uma quinta, e uma sexta e uma sétima. O Argumento da Coisa Extra é aplicável muitas outras vezes, infinitamente. Portanto, se o Argumento da Coisa Extra for válido, tem de haver na verdade um número infinito de Formas da cama. Mas isso é ridículo.

É claro que surge o mesmo problema para todos os outros tipos de Formas. O problema é que Platão não pode parar em somente uma Forma para cada tipo de coisa. Em cada caso, o Argumento da Coisa Extra parece exigir que haja um número infinito de Formas para cada tipo de coisa.

Se, por outro lado, negarmos que haja um número infinito de Formas para cada tipo de coisa, como Platão certamente faria, então temos de aceitar que o Argumento da Coisa Extra não é bom. Nesse caso, não pode sequer ser usado para mostrar que há uma Forma para cada tipo de coisa.

Vivemos nas Terras das Sombras?

Acabamos de examinar duas críticas à teoria das Formas de Platão; ambas parecem ser bastante boas. Mas alguns filósofos argumentam que essas críticas não funcionam realmente. Também vale a pena lembrar que o próprio Platão as conhecia e não se convenceu com elas. Platão insistiu em sua teoria (como, é claro, muitos outros filósofos, pensadores religiosos, escritores, artistas e outros ao longo dos séculos).

O que é real?

Platão convenceu-o? O que vemos ao nosso redor é o mundo real? Ou apenas as Terras das Sombras? O que você acha?

Eu tenho de admitir que os argumentos de Platão não me convenceram. No entanto, tenho de admitir que Platão toca num sentimento que eu e muitas outras pessoas aparentemente temos, um sentimento de que há mais vida, mais realidade do que *só isso*. Sentimos que a coisa *essencial* — a coisa *importante* — está escondida.

Sentimos que, se a cortina fosse aberta, veríamos algo maravilhoso. Não podemos ver, tocar, ouvir, cheirar ou degustar essa "coisa", mas, no entanto, sentimos que está lá.

Arquivo 5

Será que é possível pular no mesmo rio duas vezes?

A "descoberta" filosófica assombrosa de Aisha

Há pouco tempo, Aisha e Carol desceram até o rio perto de onde elas moram. Foram nadar. Então sentaram-se a uma mesa de piquenique e comeram seus sanduíches.

Aisha estava contemplando o rio e pensando. De repente, ficou muito excitada.

Aisha: Acabo de fazer uma descoberta filosófica assombrosa!
Carol: O que é?
Aisha: Não dá para pular no mesmo rio duas vezes!
Carol: Não seja boba! Claro que dá.
Aisha: Não estou sendo boba. Veja, suponha que você pule naquele rio ali...

Splash. Então você sai. E pula de novo uma segunda vez. O rio terá sofrido várias mudanças entre seu primeiro pulo e seu segundo pulo, certo?

Carol não estava bem certa disso.

Carol: Hummm. Por quê?

Aisha: É óbvio. A água fluiu rio abaixo. O rio portanto não vai conter exatamente a mesma água. E as coisas deslocaram-se pelo rio. Os juncos se deslocaram...

Os peixes nadaram...

O lodo do fundo do rio deve ter sido um tanto agitado...

Essas coisas. O rio mudou.

Carol concordou que o rio mudou de muitas maneiras.

Aisha: Então, se o rio mudou, *não é o mesmo*, não é?

Carol: Suponho que não.

Aisha: E, se não é o *mesmo* rio, então *há dois rios, não um*. Há o rio em que você pulou pela primeira vez. E há um segundo rio, diferente, no qual você pulou da segunda vez. Concorda?

Será que é possível pular no mesmo rio duas vezes?

Senso comum

Carol não tinha certeza se concordava.

Carol: Er... não. Não está certo. *Claro* que você pode pular no mesmo rio duas vezes. Quero dizer, isso é só o senso comum.

Aisha: *Senso comum?* Bá! O que o senso comum sabe? O senso comum mostrou-se errado em muitas coisas. Há algumas centenas de anos, o senso comum dizia que o Sol girava em torno da Terra. Era o que todos acreditavam. Se você dissesse que a Terra gira em torno do Sol, as pessoas achariam que você estava louca. Mas o Sol *não* gira em torno da Terra, gira? É a Terra que gira em torno do Sol.

Carol: Sim, claro.

Aisha: Então. O senso comum *pode* errar, não pode? E o senso comum também está errado quando diz que se pode pular duas vezes no mesmo rio. De fato, acabei de *provar* que o senso comum está errado. Acho que sou um gênio!

Pular de novo bem depressa

Carol ficou em silêncio. Pegou outro sanduíche. Então ocorreu-lhe um pensamento.

Carol: Espere um pouco. E se eu pular, sair e depois pular de novo *bem, bem depressa*? *Então* ainda será o mesmo rio, não será?

Aisha: Não, temo que não.

Carol: Por que não?

Aisha: Porque o rio ainda assim teria se modificado, pelo menos um pouquinho. Muda o tempo todo. Mesmo após um milésimo de segundo, ele muda. Portanto não vai ser o mesmo rio quando você pular a segunda vez, mesmo que você pule logo, assim que pular a primeira vez.

Carol deu uma mordida no sanduíche e fez uma careta. Estava ficando muito frustrada. De fato, naquele momento Carol estava tão frustrada que começou a falar de boca cheia, espalhando migalhas por toda parte.

Carol: Thim. Mas thimplesmente *não há* dois rioth, há? Quero dizer, o rio no qual você pulou primeiro não *dethapareceu, dethapareceu*?

Aisha: *Desapareceu!* Assombroso, não é? No segundo em que ocorre uma mudança, o rio desaparece! Não existe mais! É substituído por um *novo* rio. E no segundo em que ocorre outra mudança, por mínima que seja, esse rio também desaparece para ser substituído por um terceiro rio. E assim por diante. Como você está vendo, em cada caso, assim que ocorre uma mudança, por menor que seja, o rio é diferente. Não é *o mesmo*. E, se não é o mesmo rio, então deve haver um novo rio que assume o lugar do antigo rio.

Aisha apontou para o rio que corria calmamente.

Aisha: Olhe para o rio. O que você está vendo realmente são muitos e muitos rios — *milhões e milhões* de rios de fato: cada um deles existe apenas por um momento, cada um deles é imediatamente substituído por outro rio ligeiramente diferente.

Será que é possível pular no mesmo rio duas vezes?

Carol: Ah, honestamente, você está louca. Você *pirou*!

Aisha: Não pirei! Fiz uma descoberta filosófica assombrosa! Tudo bem, admito que não passa pelo senso comum. Mas o senso comum pode se enganar. De fato, é *por isso* que minha descoberta é assombrosa: *mostra* que o senso comum está errado.

"Estou vendo que o rio não desaparece"

Carol ainda não estava convencida.

Carol: Isso é completamente ridículo! Dá para ver que o rio não desaparece! O que estou vendo com meus próprios olhos me mostra que você está errada.

Aisha admitiu que o rio *aparentemente* não tinha desaparecido. Mas achava que o fato de o rio *aparentemente* não ter desaparecido nada provava.

Aisha: Veja, Carol, pense no seu aparelho de TV. Quando você olha para as imagens que se movem na tela, o que você está olhando de fato é para uma porção de imagens paradas que aparecem uma depois da outra. Mas, como cada imagem é tão parecida com a anterior e como elas aparecem e desaparecem tão depressa, parece uma única imagem que se move.

Carol: É, sei como funciona.

Aisha: Bem, acontece a mesma coisa com esse rio. Na verdade estamos olhando para muitos rios, nenhum deles muda. Mas, como cada rio é tão parecido

com o anterior e porque os rios vêm e vão tão depressa, *parece* que só há *um rio* que está mudando.

Aisha perguntou-se se havia convencido Carol.

Aisha: Então, Carol, você *agora* concorda comigo que o rio no qual pulou pela segunda vez é um segundo rio, diferente do primeiro?

Carol: Acho que sim.

Na verdade, Carol não concordava de jeito nenhum. Carol só disse que concordava porque não via o que estava errado no argumento de Aisha. Mas ainda sentia que havia *algo* errado no argumento.

O que você acha? Você concorda com Aisha ou com Carol?

Aisha e Carol vão jogar boliche

Carol passou a noite agitada, virando-se na cama.

Estava pensando no argumento de Aisha. Por fim, depois de muito pensar, Carol mudou de idéia. Concluiu que Aisha, afinal de contas, talvez tivesse razão. Por mais que se esforçasse, Carol simplesmente não conseguia ver nada de errado no argumento de Aisha. Na verdade, Carol até chegou a um argumento semelhante que ela própria elaborou.

Será que é possível pular no mesmo rio duas vezes?

No dia seguinte, Carol e Aisha decidiram ir jogar boliche. Encontraram-se no local. Logo calçaram seus sapatos de boliche e estavam prontas para começar o primeiro jogo.

Enquanto jogavam, Carol explicou seu novo argumento a Aisha.

Carol: Aisha, eu também fiz uma descoberta filosófica fantástica.

Aisha: Qual?

Carol: Não dá para você encontrar a mesma e única pessoa duas vezes.

Aisha: Por que não?

Carol pegou uma bola e apontou-a com cuidado na direção dos pinos. Então soltou a bola. Aisha assistiu à bola de Carol ribombar pela pista e derrubar ruidosamente todos os pinos.

Carol: *Strike*! Bem, é exatamente o mesmo caso do rio. Você diz que o rio não é o mesmo da segunda vez que você pula nele. E, se não é o *mesmo* rio, então há *dois* rios, não um. Certo?

Aisha: Sim, certo.

Carol: Então, quando você encontra uma pessoa e depois a encontra outra vez, ela também mudou de várias maneiras, não mudou?

Aisha: Acho que sim.

Carol: A pessoa que você encontra a segunda vez vai ser diferente de várias maneiras. Não vai ser portanto a mesma. E, se não é a *mesma* pessoa que você encontrou, então há *duas* pessoas que você encontrou, não uma!

Aisha estava muito impressionada. Pegou uma bola de boliche.

Aisha: Na verdade, acho que você tem razão. Sabe, não tinha pensado nisso!

Carol: Isso mesmo. Na verdade, a pessoa que você encontrou a primeira vez *desaparece*! No segundo em que há uma mudança, ela se vai para sempre. Ela é substituída por uma nova pessoa. E, no segundo em que há outra mudança, essa pessoa também se vai para ser substituída por uma terceira pessoa. Em cada caso, assim que ocorre uma mudança, por mínima que seja, a pessoa é diferente. Não é a mesma. Então uma nova pessoa tem de tomar o lugar da antiga pessoa.

Aisha pousou a bola de boliche. Começou a se intrigar com o que Carol estava dizendo.

Aisha: Espere. Isso significa que você não é a pessoa com quem eu falei ontem.

Carol: Na verdade, *você* não existia ontem, portanto, *você* não estava falando com ninguém ontem! Nenhuma de nós existia ontem! Portanto a conversa de ontem foi entre *duas pessoas completamente diferentes*!

Aisha: Isso não pode estar certo, pode?

Carol: Claro que está certo! Parece que fizemos outra descoberta assombrosa! De fato, há um segundo motivo pelo qual não posso pular duas vezes no mesmo rio! Não só ele não será o mesmo rio quando eu pular pela segunda vez, como a pessoa que vai pular nele *não serei eu*. *Eu* não existirei mais. A pessoa que pular pela segunda vez é uma pessoa completamente nova.

Aisha parecia atordoada. Carol pegou uma bola de boliche e começou a apontá-la para os pinos.

Carol: Na verdade, eu fiz uma descoberta *ainda mais* assombrosa. Mesmo as pessoas que começaram *esta* conversa apenas

Será que é possível pular no mesmo rio duas vezes?

há dois minutos não existem mais agora. De fato, mudamos o tempo todo, *até a pessoa que começou essa sentença não é mais a mesma pessoa que a está concluindo agora.* De fato...

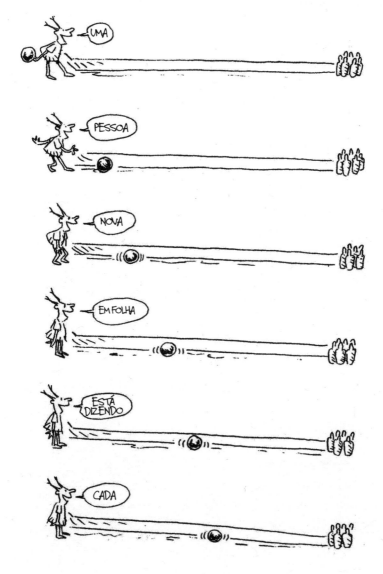

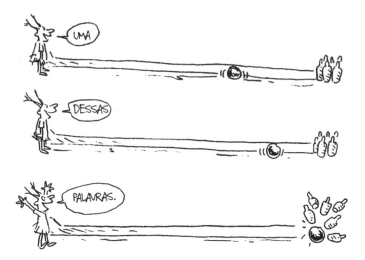

Aisha começou a se sentir bastante insegura.

Aisha: Isso com certeza é assombroso, Carol. Na verdade, parece assombroso *demais*. É *absolutamente ridículo*. Será que não cometemos um erro em algum lugar?

Carol: Agora você não vai voltar ao antigo senso comum chato, vai? O senso comum pode errar. Já errou. Você própria disse. Não se lembra?

Mas Aisha agora sentia que havia um erro em algum lugar.

Aisha: Sei que disse. Mas agora já não tenho tanta certeza de que devemos abandonar o senso comum tão depressa. Dizer que nenhuma de nós existia há um minuto atrás ou até há um segundo atrás *não pode* estar certo, pode? *Certamente* erramos em algum lugar.

O incidente da maçã do amor

Aisha disse que estava com fome; as duas foram até uma banca de maçã do amor e compraram uma maçã do amor para cada uma.

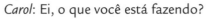

Será que é possível pular no mesmo rio duas vezes?

Aisha comeu a sua de uma vez. Carol ficou segurando a sua esperando que esfriasse um pouco.

De repente, justo quando Carol ia dar a primeira mordida, Aisha arrancou a maçã do amor das mãos de Carol e deu uma enorme mordida nela.

Carol: Ei, o que você está fazendo?

Aisha: Qual é o problema?

Carol: Você acabou de comer *metade da minha maçã do amor*! O problema é esse.

Aisha: não, Não comi.

Carol: Claro que comeu! Eu vi.

Aisha: Na verdade, você está errada.

Parecia que Carol ia explodir. Aisha achou melhor explicar sua atitude.

Aisha: Olhe, *eu* não comi sua maçã do amor. Porque, se seu argumento está certo, *eu* não existia há dois minutos, existia?

Carol: Er... Bem, não.

Aisha: Certo. Portanto a pessoa que comeu sua maçã do amor era uma pessoa completamente diferente.

Aisha devolveu a Carol o que sobrara de sua maçã do amor.

Aisha: E, em todo caso, *você* não sentiu falta de nada, porque a pessoa que estava para morder essa maçã do amor antes que a pegassem *não era você*. Você só existiu por uma minúscula fração de segundo.

Carol: Pare de ser boba!

Aisha: Estou mostrando que, se seu argumento está certo, *eu* não fiz nada de errado. Então por que você está me culpando?

Na verdade, Aisha tem razão. Se o argumento de Carol está correto, a pessoa que roubou a maçã do amor não é a pessoa que agora está parada diante dela. De fato, a pessoa que roubou a maçã do amor *deixou de existir*. Mas isso não pode estar certo, pode? Nem mesmo Carol acreditava *realmente* que a pessoa que roubou sua maçã do amor deixara de existir.

Dois enigmas

Aisha e Carol estão diante de dois enigmas. Por um lado, parece óbvio que *é possível* pular duas vezes num mesmo e único rio — é a visão do senso comum. Por outro, parece que Aisha tem um argumento que mostra que *não é possível* pular no mesmo e único rio duas vezes. O rio terá mudado. Portanto, não será o mesmo. E, se não é o mesmo rio, assombrosamente, parece que deve haver *dois* rios, e não um.

Há um enigma semelhante no fato de ser possível encontrar a mesma pessoa duas vezes. Por um lado, a visão do senso comum é que você pode encontrar a mesma e única pessoa duas vezes; por outro lado, o argumento de Carol parece mostrar que não é possível.

Como resolveremos esses dois enigmas? Devemos renunciar à visão do senso comum? Ou há algo de errado nos argumentos que parecem demonstrar que o senso comum está errado? Porém, se há algo errado nesses argumentos, *o que* há de errado? O que você acha?

Heráclito

Esses enigmas são muito antigos. Podem ter até dois mil e quinhentos anos de idade. Muitas vezes supõe-se que Heráclito, um filósofo que vivia na Grécia antiga, tenha afirmado que não é possível pular duas vezes no mesmo rio.

Era o que Heráclito afirmava. Então talvez tenha sido um argumento como o de Aisha que o tenha levado a essa conclusão.

Será que é possível pular no mesmo rio duas vezes?

Eu me apresento

Vamos voltar a Aisha e Carol. Agora estão se olhando meio enviesado. Carol comeu o resto de sua maçã do amor em silêncio.

Acontece que eu também estava no boliche naquele dia. Então decidi ir até elas e cumprimentá-las.

Eu: Não deu para não ouvir o que vocês estavam falando. Sabem, aquilo sobre não ser possível pular no mesmo rio duas vezes ou encontrar a mesma pessoa duas vezes.

Carol: Desculpe. Estávamos gritando um pouco, não estávamos?

Eu: Bem, de qualquer forma, acho que não sou muito bom no boliche.

Aisha: É. Percebemos que você perdeu algumas jogadas há pouco.

Eu: Mas acho que posso ajudá-las com seus enigmas filosóficos.

Carol: Como?

Eu: Acho que vocês fizeram uma grande confusão. Acho que posso ajudar a organizar as idéias para vocês.

Aisha: Que confusão? O que você quer dizer?

Os arquivos filosóficos

Duas espécies de semelhança

Comecei por explicar que as palavras "o mesmo" são de fato usadas de duas maneiras diferentes. São usadas para falar de dois tipos de semelhança diferentes.

Eu: Para sair da confusão, é preciso distinguir duas espécies de semelhança.

Aisha: Não estou entendendo. Que duas espécies de semelhança?

Eu: Vou explicar. Olhem essas duas bolas de boliche.

Apontei as duas bolas de boliche no chão lá perto.

Eu: Essas duas bolas não são *a mesma bola*, são? Há duas bolas diante de nós, não uma, certo?

Aisha: Claro.

Eu: Então, existe um sentido no qual as bolas *não são a mesma bola*; não são *uma única e mesma bola*. O número de bolas é dois, não um.

Aisha: Concordo.

Eu: No entanto, há também muitas maneiras pelas quais essas duas bolas *são* a mesma. Ambas são redondas. Ambas são pretas. Pesam o mesmo. Ambas são feitas do mesmo tipo de material. As duas bolas são a mesma em muitas de suas *qualidades*, não são?

Aisha: Sim, claro.

Eu: Então, quando duas coisas *compartilham as mesmas qualidades*, nós, os filósofos, dizemos que são a mesma coisa *qualitativamente*.

Será que é possível pular no mesmo rio duas vezes?

Aisha: Estou entendendo.

Eu: Essas duas bolas não são qualitativamente *exatamente a mesma* em *todas* as suas qualidades, é claro. Existem pequenas diferenças entre elas, em geral pequenas demais para serem constatadas a olho nu. Mas parece não haver motivo para que não pudessem ser duas bolas que são exatamente a mesma em todas as suas qualidades, não é?

Carol: Não, acho que não.

Eu: Então, pensem. Suponham que há duas bolas que sejam qualitativamente idênticas em exatamente todos os seus aspectos. Elas compartilham todas as mesmas qualidades: ambas são pretas, pesam exatamente o mesmo. De fato, as duas bolas são exatamente idênticas até o último átomo.

Essas duas bolas continuam *não sendo uma única e mesma bola*, não é? Ainda há duas bolas, não uma, certo?

Carol: Isso mesmo, há duas bolas.

Eu: Certo. Então há um sentido em que duas bolas que *são* qualitativamente exatamente idênticas continuam *não sendo* a mesma bola. Não são uma única e mesma bola. Nós, filósofos, dizemos com freqüência que não são *numericamente* idênticas, porque o número de bolas é dois, não um.

Aisha: Entendi. Você está dizendo que existem dois tipos de semelhança: qualitativa e numérica.

Eu: Exatamente!

Carol: Você está dizendo que as bolas de boliche podem ser qualitativamente idênticas sem serem numericamente a mesma. Mesmo se as duas bolas compartilham as mesmas qualidades, ainda há *duas* bolas, não uma.

Eu: Precisamente!

Semelhança numérica sem semelhança qualitativa

Na verdade, é possível não só haver coisas que são qualitativamente idênticas, como também coisas que são idênticas numericamente, mas não qualitativamente idênticas, como expliquei há pouco.

Eu: Aqui está um exemplo de igualdade numérica sem igualdade qualitativa. Suponham que eu pegue essa bola de boliche preta e a pinte de branco. Quando a bola estiver pintada, não será *qualitativamente* idêntica como era antes, não é?

Carol: Não. Uma de suas qualidades é diferente. É branca, não preta.

Será que é possível pular no mesmo rio duas vezes?

Eu: Exatamente. Portanto, não é *qualitativamente* idêntica. Mas ainda é *numericamente* a mesma bola. Só há *uma* bola, não duas, apesar do fato de ter mudado de cor.

Carol: Certo.

Eu: Aqui está outro exemplo. Suponham que eu veja um bolo saboroso num prato à minha frente.

Eu pego um pedacinho do bolo e como. Agora, é o mesmo bolo no prato à minha frente?

Carol: O bolo é e não é o mesmo. *Numericamente* é o mesmo bolo. Mas o bolo não é *qualitativamente* idêntico ao que era. Pesa um pouquinho menos e tem uma forma ligeiramente diferente: tem um bocado a menos.

Eu: Isso mesmo! O bolo é outro exemplo de algo ser numericamente idêntico, mas não qualitativamente idêntico. Só porque eu peguei uma mordida do bolo não significa que o bolo que está agora diante de mim não seja *numericamente* o mesmo bolo que estava ali antes.

Aisha: Estou entendendo.

Em que ponto Aisha errou?

Então expliquei o problema do argumento de Aisha.

O argumento de Aisha era o seguinte:

> QUANDO VOCÊ PULA NO RIO PELA SEGUNDA VEZ, O RIO MUDOU. NÃO É PORTANTO O MESMO. MAS, SE NÃO É O MESMO RIO, ENTÃO VOCÊ PULOU EM DOIS RIOS, NÃO EM UM.

Você está entendendo qual é o problema desse argumento? Aisha começa apontando, corretamente, que o rio no qual você pula pela segunda vez não será *qualitativamente* exatamente idêntico ao que era antes. Pois é claro que é verdade que, entre cada pulo, o rio mudou qualitativamente em alguns aspectos: as coisas se deslocaram, a água correu, etc. É claro que isso não é lá uma descoberta filosófica assombrosa, é? É simplesmente um fato bastante óbvio e meio sem graça sobre os rios.

Por outro lado, a afirmação de que não é possível *numericamente* pular no mesmo rio duas vezes é uma afirmação mais excitante. É a afirmação que Aisha acaba fazendo. Acaba dizendo que você pula em *dois* rios, não em um. Certamente seria assombroso se Aisha conseguisse demonstrar que você não pode *numericamente* pular no mesmo rio duas vezes.

O problema é que obviamente Aisha não demonstrou nada disso. O argumento de Aisha é ruim. Só parece convincente enquanto não observamos que Aisha está usando as palavras "o mesmo" de duas maneiras diferentes. Sim, o rio não será *qualitativamente* exatamente idêntico ao que era. Mas simplesmente pelo fato de o rio não ser *qualitativamente* idêntico ao que era não significa que não é mais *numericamente o mesmo e único* rio.

Claro que o argumento de Carol de que você não pode encontrar a mesma e única pessoa duas vezes também é um argumento ruim, exatamente pelo mesmo motivo.

As soluções para os enigmas

Portanto, resolvemos os dois enigmas entre nós.

O primeiro enigma era o seguinte. Por um lado, o senso comum diz que você *pode* pular duas vezes no mesmo e único rio. Por outro, Aisha tem um argumento que parece demonstrar que você *não pode* pular no mesmo e único rio duas vezes: deve haver dois rios, não um. Tínhamos de achar algo errado no argumento de Aisha ou renunciar à visão do senso comum.

Podemos ver agora que há aqui um enigma filosófico que *tem* solução. Há algo errado no argumento de Aisha. Podemos portanto insistir na visão do senso comum, afinal — pelo menos até alguém vir com um argumento melhor que o de Aisha.

É claro que o enigma de Carol sobre alguém não poder encontrar a mesma e única pessoa duas vezes é resolvido mais ou menos da mesma forma.

Tropeçando nas palavras

Depois de eu ter explicado para Aisha e Carol em que ponto elas erraram, fomos tomar *milk-shake*.

Carol sentia-se aliviada. Os dois enigmas haviam começado a incomodá-la. Mas Aisha sentia-se um tanto desapontada.

Carol: Mas isso significa que, afinal, nenhuma de nós fez *realmente* uma descoberta filosófica assombrosa, não é?

Eu: Sim, temo que sim.

Aisha: Achei que era um gênio filosófico. No fim, só era alguém confuso!

Eu: Isso mesmo. Você foi *enganada pela linguagem*. Muitas vezes, quando nos parece que fizemos uma descoberta filosófica assombrosa ou que estamos diante de um enigma filosófico difícil, tudo o que aconteceu *realmente* é que tropeçamos nas palavras.

Aisha: Como tropeçamos?

Eu: Bem, você não prestou atenção suficiente *no uso de* algumas palavras. Você deixou passar o fato de que a expressão "o mesmo" é usada em mais de uma maneira.

Carol: Estou entendendo. Ouvi Aisha usar as palavras "o mesmo" e não percebi que ela as estava usando de maneira diferente a cada vez.

Eu: Isso mesmo. Aisha começou dizendo que o rio não é qualitativamente "o mesmo", mas acabou dizendo que por isso o rio não é numericamente "o mesmo". Assim que você reconheceu que Aisha estava usando as palavras "o mesmo" dessas duas maneiras diferentes, percebeu que seu argumento não funcionava.

Será que é possível pular no mesmo rio duas vezes?

Uma moral

Há uma moral interessante na minha história sobre Aisha e Carol. É esta: às vezes, quando nos parece que fizemos uma descoberta filosófica assombrosa ou que enfrentamos um enigma filosófico difícil, tudo o que de fato aconteceu é que tropeçamos na linguagem.

É claro que não estou dizendo que todas as "descobertas" filosóficas assombrosas são apenas o resultado de termos sido enganados pela linguagem. Mas sempre que você deparar com uma "descoberta" filosófica assim, vale a pena refletir sobre o fato de *talvez* você ter sido enganado pela linguagem.

A filosofia de Wittgenstein

Na verdade, um filósofo muito famoso, Ludwig Wittgenstein, argumentava que *todos* os enigmas filosóficos resultam do fato de a linguagem enganar. Segundo Wittgenstein, o que sempre nos leva às perturbações filosóficas é o fato de deixarmos passar diferenças na maneira como a linguagem é usada.  Ele argumentava que a maneira de acabar com qualquer enigma filosófico é examinar detalhadamente essas diferenças de uso.

Nossos dois enigmas sobre pular no mesmo rio e encontrar a mesma pessoa com certeza vão ao encontro da visão de Wittgenstein sobre a filosofia. Acabamos de ver que ambos resultam da situação de termos sido enganados pela linguagem. Em cada um dos casos, deixamos passar o fato de que a expressão "o mesmo" estava sendo usada de duas maneiras diferentes. Foi o que nos confundiu. Assim que notamos que a expressão "o mesmo" estava sendo usada de duas maneiras diferentes, o enigma desapareceu.

Mas será que Wittgenstein está certo em dizer que *todos* os enigmas filosóficos resultam de deixarmos passar as diferenças na maneira como as palavras e outros sinais são usados? É certo dizer que a forma de acabar com *qualquer* enigma filosófico é examinar detalhadamente as diversas maneiras como a linguagem está sendo usada? Os filósofos discordam veementemente disso.

O que você acha?

Arquivo 6

De onde vêm o certo e o errado?

Harriet, a terrível

Esta é Harriet.

Harriet está no colégio. Mas não é uma estudante muito simpática. Bate nos seus colegas e rouba o dinheiro que eles trouxeram para comprar o lanche.

Rasga os livros da biblioteca e quebra as bicicletas das outras crianças. Na verdade, Harriet torna a vida dos outros alunos nada agradável.

Murphy, o assassino

Claro que todos nós fazemos coisas erradas. Em geral sentimo-nos culpados das nossas maldades. Sentimos que deveríamos tentar ser melhores do que somos. Certamente fiz muitas coisas das quais me senti bem culpado e que gostaria de não ter feito. E tenho certeza de que isso também é uma verdade para você. Ninguém é perfeito.

Embora muitas das coisas que Harriet fez sejam erradas, há coisas piores. Vejam Murphy, por exemplo. Murphy é um caubói. Também é assassino. Murphy atira em viajantes indefesos e mata-os para roubar-lhes o dinheiro. Aqui está Murphy matando um pobre caubói desarmado que voltava para sua casa e para sua família.

É claro que matar outra pessoa é considerado uma das piores coisas que uma pessoa pode fazer.

Moralidade

Ao dizer que algumas das coisas que Harriet e Murphy fizeram são erradas, estou falando sobre a *moralidade* do que fizeram. Harriet e Murphy *não deveriam* fazer o que fazem.

É claro que a moralidade não diz respeito apenas ao que não devemos fazer. Também diz respeito ao que *devemos* fazer. Diz respeito a fazer a coisa certa. Suponha que o senhor Black peça emprestado o pulador do senhor Brown.

De onde vêm o certo e o errado?

Mas, enquanto o senhor Black está brincando com ele, fica um pouco entusiasmado demais e o fura.

O que o senhor Black deve fazer? Pensa em jogar o pulador no jardim do senhor Brown quando o senhor Brown não estiver olhando e fugir antes que ele o descubra. Mas o senhor Black faz a coisa *certa*. Admite ao senhor Brown que furou o pulador. Concorda em consertá-lo.

Pagar as dívidas, ajudar as pessoas em seus contratempos, dizer a verdade são outros exemplos de fazer a coisa *certa*.

Quando falamos de moralidade — do certo e do errado —, estamos falando do modo pelo qual

deveríamos viver a vida. A maioria de nós sente que é moralmente errado mentir, enganar, roubar e matar. Sentimos que devemos ser honestos e dignos de confiança. Sentimos que devemos tratar as outras pessoas com respeito.

Moralidade e lei

É importante não confundir moralidade — certo e errado — com a lei. É claro que a moralidade e a lei muitas vezes coincidem. Por exemplo, roubar e matar é moralmente errado. Também é contra a lei. Mas a moralidade e a lei não *precisam* coincidir.

Lembre as leis do *apartheid* na África do Sul há alguns anos. Essas leis separavam os negros dos brancos. Os negros eram tratados como cidadãos de segunda classe. Por exemplo, não se permitia que os negros votassem. Só se permitia que vivessem em certas áreas pobres e em ruínas. Muitas coisas na África do Sul eram apenas para os brancos.

Mas, embora pudesse ser contra a lei para os negros viverem em certas áreas ou usarem certas coisas, não era *moralmente errado* eles viverem nestas áreas ou usarem essas coisas. Na verdade, na África do Sul era a *lei* que estava errada. Portanto, só porque algo é ilegal não significa que é errado.

Há também coisas que são moralmente erradas, mas não são contra nenhuma lei. Por exemplo, suponha que um amigo diga em uma festa a Toby, um jovem ambicioso e atraente, que aquela mulher ali que parece enferma está muito doente e vai morrer logo.

Também dizem a Toby que a mulher é meio obtusa, mas muito bondosa e imensamente rica. E que não tem parentes vivos. Portanto, apesar de achar a mulher de fato bastante feia e estúpida, Toby passa a noite fingindo achá-la fascinante e bela. Por quê? Porque Toby quer enganar a mulher e casar-se com ela. Quer enganá-la para que ela lhe deixe todo o seu dinheiro.

Ora, a maioria das pessoas diria que o comportamento de Toby é realmente muito errado.

Mas é claro que o que Toby está fazendo não é *ilegal*. Mesmo que Toby consiga enganar a mulher e casar-se com ela, não estaria desrespeitando nenhuma lei. Portanto, o que é moralmente errado nem sempre é ilegal.

É sempre errado matar?

Todos nós pensamos que matar é errado. Mas matar *qualquer coisa* é errado? E um carneiro, uma pulga ou uma haste de grama? Claro que a maioria das pessoas diria que não há nada de errado em matar esse tipo de coisa. Diria que só não se deve matar outras pessoas.

Mas é *sempre* errado matar outra pessoa? Pense neste caso. Suponha que você é um fazendeiro do Velho Oeste selvagem. Murphy, o assassino, invade a sua casa. Quer assaltá-la, mira suas duas armas com seis balas em você e sua família e diz que vai matar todos vocês e roubar todo o seu dinheiro.

Suponha que você tenha um rifle escondido a seu alcance. E suponha que o único meio de evitar que Murphy, o assassino, mate vocês todos seja atirar nele e matá-lo. O que você faria? Tenho certeza de que você dirá que atiraria em Murphy, o assassino, e o mataria. De fato, tenho certeza de que você dirá que é a coisa *certa* a fazer.

Parece, portanto, que nem sempre é errado matar outra pessoa. Embora todos concordemos que matar outra pessoa é errado, a maioria de nós não quer dizer que é errado sempre, em qualquer caso. Só queremos dizer que, em geral, matar é errado. Existem exceções.

Parece que existem exceções para outros princípios morais. Por exemplo, o princípio moral de que é errado mentir. Se Murphy perguntasse a você se há algo que vale a pena roubar por perto e você soubesse que há, seria errado mentir para ele? Acho que não.

Talvez você possa lembrar outros princípios morais para os quais há exceções. Por exemplo, não existem casos em que não seria errado roubar?

De onde vem a moralidade?

Estivemos falando sobre a moralidade, sobre o certo e o errado. Agora chegamos à minha grande questão filosófica. Minha questão é: *de onde vem a moralidade?* As pessoas dão inúmeras respostas diferentes a essa questão. Vamos examinar três delas.

Uma das respostas é: *a moralidade vem de nós*. *Nós* somos a origem da moralidade, do certo e do errado. Nossa descrição de algumas coisas como "certas" e outras como "erradas" só reflete o que sentimos ou pensamos sobre elas. As coisas não são certas ou erradas independentemente do que chegamos a pensar ou sentir sobre elas.

De onde vêm o certo e o errado?

Outra resposta bem diferente à pergunta: de onde vem a moralidade? é: *a moralidade vem de Deus*. É Deus quem estabelece o que está certo e o que está errado. Portanto, mesmo se nenhum de nós sentisse que o que alguém fez é errado, *ainda* seria errado se Deus dissesse que é errado.

Uma terceira resposta à pergunta: de onde vem a moralidade? é: *as coisas são certas ou erradas de qualquer jeito*; pouco importa o que pensamos ou sentimos sobre elas ou mesmo o que Deus pensa ou sente sobre elas.

O que você acha?

Qual das três respostas você daria? Você acha que a moralidade reflete apenas como sentimos ou pensamos sobre as coisas? Ou acha que a moralidade vem de Deus? Ou acha que as coisas são certas ou erradas de *qualquer jeito*, pouco importa o que nós ou Deus pensamos ou sentimos sobre elas? Vamos examinar com mais detalhes as três perguntas para ver se conseguimos descobrir qual das respostas é a correta (se é que há uma resposta correta).

Vamos começar com a afirmação de que *a moralidade vem de nós*.

Resposta número 1: a moralidade vem de nós

Como a moralidade viria de nós? Há duas teorias filosóficas famosas que dizem que a moralidade vem de nós.

A moralidade vem de nós: a teoria dos sentimentos

Suponha que Murphy, o assassino, esteja bebendo em um bar. Chega outro caubói e pede uma cerveja. Murphy nota que o outro caubói está desarmado. Também nota que o outro caubói tem muito dinheiro em sua carteira.

Os arquivos filosóficos

Então, quando o outro caubói acaba sua cerveja e vai para o deserto montado em seu cavalo, Murphy segue-o às escondidas. Daí, quando Murphy tem praticamente certeza de que ninguém está olhando, esgueira-se por trás do outro caubói e atira em suas costas.

Murphy pega o dinheiro e foge em sua montaria, deixando o caubói morrer na areia.

Agora imagine que eu veja Murphy atirando nas costas do pobre caubói desarmado. Eu digo: "O que Murphy está fazendo é errado!"

Segundo o que chamarei de *Teoria dos Sentimentos*, quando eu digo "O que Murphy está fazendo é errado!", só estou dizendo que tenho certos *sentimentos* sobre o que Murphy está fazendo. Estou fazendo uma afirmação sobre mim mesmo. Estou dizendo que desaprovo o que Murphy está fazendo.

Isso significa que, se desaprovo, então o que estou dizendo é verdade: Murphy está fazendo algo errado.

Da mesma forma, quando vejo alguém pagando uma dívida e digo "Essa pessoa está fazendo uma coisa certa", então estou dizendo que aprovo o que ela está fazendo.

Como você pode ver, segundo a Teoria dos Sentimentos, *a moralidade vem de nós*. Nós tornamos as coisas certas ou erradas aprovando-as e desaprovando-as.

A moralidade vem de nós: a Teoria do Bu-Viva!

Aqui está outra teoria que também afirma que a moralidade vem de nós. Em geral, os filósofos chamam essa teoria de *Teoria do Bu-Viva*!

Como vimos, segundo a Teoria dos Sentimentos, quando digo que algo é errado, faço uma afirmação, uma afirmação sobre como me sinto. Por outro lado, segundo a Teoria do Bu-Viva, não faço uma *afirmação* sobre como sinto. *Expresso* como me sinto. Vou explicar a diferença.

Imagine que estou prestes a assistir a uma corrida de porcos.

Aposto R$ 5 em Flash Cor-de-Rosa a 10 por 1. Então, se Flash Cor-de-Rosa ganhar, ganho R$ 50.

A corrida começa. Flash Cor-de-Rosa demora para ganhar velocidade. Então um dos outros porcos, Haroldo Guincho, ultrapassa Flash Cor-de-Rosa. Fico aborrecido com isso. Grito: "Bu, Haroldo Guincho!" Em seguida Flash Cor-de-Rosa avança. Alcança os outros porcos. Finalmente, a poucos metros da chegada, Flash Cor-de-Rosa está uma cabeça à frente. Ganha!

Grito: "Viva Flash Cor-de-Rosa!"

Agora, pergunte-se: quando grito "Viva Flash Cor-de-Rosa!", o que estou dizendo é *verdade ou mentira*? Claro que não é *nem verdade nem mentira*. Não estou dizendo uma verdade. Mas também não estou dizendo uma mentira. Não estou fazendo nenhuma *afirmação*, nem mesmo uma afirmação sobre como me sinto.

O que *estou* fazendo então quando digo "Viva Flash Cor-de-Rosa?". Estou *expressando* como me sinto. Estou expressando minha satisfação. Da mesma maneira, quando grito "Bu, Haroldo Guincho!", estou expressando de novo como me sinto. Estou expressando minha desaprovação pelo que Haroldo Guincho fez.

Agora, segundo a Teoria do Bu-Viva, algo semelhante acontece quando vejo Murphy atirar no outro caubói e digo "O que Murphy está fazendo é errado!". Quando digo "O que Murphy está fazendo é errado!" é como se eu gritasse "Bu para o que Murphy está fazendo!". Estou expressando minha desaprovação pelo que Murphy está fazendo.

De onde vêm o certo e o errado?

Da mesma maneira, quando digo "Pagar as dívidas é certo", é como se eu estivesse gritando "Viva para pagar as dívidas!", estou expressando minha aprovação quanto a pagar as dívidas. Nos dois casos não estou fazendo uma afirmação sobre como me sinto. Estou apenas *expressando* como me sinto.

Portanto, segundo a Teoria do Bu-Viva, não é *nem verdade nem mentira* que o que Murphy está fazendo é errado. Na verdade, segundo a Teoria do Bu-Viva, *não vem ao caso* se o que Murphy está fazendo é errado (não mais do que vem ao caso Viva para Flash Cor-de-Rosa).

Os vargs

Acabamos de examinar duas teorias. Ambas dizem que a moralidade vem de nós: a moralidade nada mais faz do que refletir como *sentimos* as coisas. O que você acha dessas duas teorias? Alguma das duas é útil?

Como a maioria dos filósofos hoje, preocupo-me com as duas teorias. Para explicar uma de minhas preocupações, vou contar-lhe a história dos vargs.

Os vargs são seres inteligentes como nós. E, por uma coincidência assombrosa, também falam português. Até falam sobre as coisas serem "certas" e "erradas".

Este é o planeta Varg, onde vivem os vargs.

Mas os vargs sentem de maneira diferente *o que* é errado e o que é certo. Seu princípio moral básico é: *sempre pense em você mesmo!* Todos os vargs têm um sentimento muito forte de que cada varg deve, quando for possível, tentar obter o que quer, mesmo à custa de outros vargs. Então, acreditam que é certo roubar e enganar. De fato, eles até acreditam que é certo um varg matar outro se com essa atitude ele conseguir o que quer (isso não quer dizer que os vargs fiquem roubando, enganando e matando o tempo todo, é claro: só enganam, roubam e matam se acham que vão se sair bem).

Como os vargs acham que cada varg deve sempre cuidar de si mesmo à custa de outros vargs, sentem que a caridade é errada. Na verdade, se um dia um varg sente vontade de ser caridoso, ele logo começa a se sentir culpado.

Alguns vargs até são religiosos: acreditam em um deus chamado *Vargy* do qual supõe que venha sua moralidade. Aos domingos, alguns vargs vão à igreja varg, onde escutam sermões sobre as virtudes do egoísmo.

De onde vêm o certo e o errado?

Por que menciono os vargs? A possibilidade de existirem criaturas como os vargs cria um problema tanto para a Teoria dos Sentimentos quanto para a Teoria do Bu-Viva.

Um problema com a Teoria dos Sentimentos

Por que a possibilidade de existirem criaturas como os vargs cria um problema para a Teoria dos Sentimentos? A Teoria dos Sentimentos diz que, quando digo "O que Murphy está fazendo é errado!", estou fazendo uma afirmação. Afirmo que desaprovo o que Murphy está fazendo. Como desaprovo, o que digo é verdade: Murphy está fazendo algo errado.

Mas claro que um varg diria "O que Murphy está fazendo é certo!". Segundo a Teoria dos Sentimentos, quando um varg diz

isso, ele afirma que aprova o que Murphy está fazendo. Portanto, como aprova, o que o varg está dizendo também é verdade. Nós dois estamos certos! Portanto podemos, satisfeitos, concordar um com o outro.

Mas isso não pode estar certo, pode? Porque, com certeza, quando digo "O que Murphy está fazendo é errado!", e o varg diz "O que Murphy está fazendo é certo!", estamos *nos contradizendo*. Obviamente, nós *dois* não podemos estar certos. Como estamos nos contradizendo, a Teoria dos Sentimentos deve ser falsa.

Um problema com a Teoria do Bu-Viva

Por que os vargs criam um problema para a Teoria do Bu-Viva? Segundo a Teoria do Bu-Viva, quando digo "O que Murphy está fazendo é errado!", não estou fazendo uma afirmação. Simplesmente estou *expressando* como me sinto. É como se eu gritasse "Bu para o que Murphy está fazendo!". Da mesma forma, quando um varg diz "O que Murphy está fazendo é certo!", tampouco está fazendo uma afirmação. Está apenas expressando como se sente.

Ora, segundo a Teoria do Bu-Viva, qual de nós — o varg ou eu — está certo sobre o que Murphy está fazendo? Nenhum de nós! Não vem ao caso qual de nós está certo! Segundo a Teoria do Bu-Viva, o que eu digo não é mais "verdade" do que o que o varg diz.

Mas não há aqui um problema com a Teoria do Bu-Viva? Certamente, quando digo "O que Murphy está fazendo é errado!", *não estou* simplesmente expressando como me sinto. Estou fazendo *de fato* uma afirmação. Na verdade, suponho que o que estou dizendo é *verdade* e o que o varg está dizendo é *mentira*. Suponho que é importante saber se matar é ou não é errado. Na verdade, suponho que o varg se *enganou* sobre o grau de importância da questão.

Mas, se isso é certo — se, quando digo "O que Murphy está fazendo é errado!", faço uma afirmação, afirmação que é verdadeira —, então a Teoria do Bu-Viva também deve estar errada.

De onde vêm o certo e o errado?

De fato, quando você começa a pensar sobre isso, não é claro que essa moralidade não pode vir de nós? Com certeza, é um fato que matar é errado *de qualquer modo*, pouco importa o que nós ou os vargs sentimos sobre matar. Seguramente, mesmo se viermos a concordar com os vargs que não há nada de errado em matar, na verdade matar ainda seria errado, não seria? Mas como isso acontece?

Resposta número 2: a moralidade vem de Deus

Estamos examinando a questão: de onde vem a moralidade? Até agora, examinamos a resposta: *a moralidade vem de nós*. Mas parece que essa resposta não pode ser a certa. Então vamos nos voltar para outra resposta.

Segundo muitas pessoas, o motivo pelo qual matar é errado *de qualquer modo*, pouco importa o que digamos sobre isso, é que *Deus* diz que é errado. Matar é errado porque Deus desaprova esse gesto.

A moralidade vem de Deus.

Como saber o que é certo e o que é errado?

Então como saber o que Deus desaprova? Muitos diriam: examinando a religião e os livros religiosos, como a Bíblia e o Corão. Por exemplo, o Antigo Testamento da Bíblia contém os Dez Mandamentos, uma lista do que se pode fazer e do que não se pode fazer que Deus supostamente gravou em duas pedras para Moisés.

Claro que um desses Dez Mandamentos é: *Não matarás*.

O Argumento A-Moralidade-Vem-de-Deus

Então a moralidade vem de Deus? As coisas são certas ou erradas simplesmente porque Deus disse que são?

Outro dia, ouvi um homem falando no rádio. Esse homem lançou um desafio às pessoas que não acreditam em Deus. Com certeza, argumentou, se Deus não existe, não pode haver uma verdadeira moralidade. Se você acredita em moralidade, então *tem* de acreditar também em Deus. Aqui está o argumento do homem:

SE NÃO EXISTIR DEUS PARA DECIDIR O QUE É CERTO E O QUE É ERRADO, ENTÃO O QUE É CERTO E O QUE É ERRADO TEM DE SER DECIDIDO POR NÓS. MAS A VERDADEIRA MORALIDADE NÃO É ALGO QUE POSSAMOS DECIDIR. HÁ UMA REALIDADE CONCRETA INDEPENDENTE SOBRE O QUE É CERTO E O QUE É ERRADO. CERTAMENTE É ERRADO MATAR DE QUALQUER MODO, NÃO IMPORTA O QUE DIGAMOS OU SINTAMOS SOBRE O ATO DE MATAR. E, SE MATAR É ERRADO DE QUALQUER MODO, ENTÃO SÓ PODE SER PORQUE EXISTE DEUS QUE DIZ QUE MATAR É ERRADO. A MORALIDADE DEVE VIR DE DEUS; PORTANTO, SE VOCÊ ACREDITA EM MORALIDADE, TEM DE ACREDITAR TAMBÉM EM DEUS.

Vamos chamar isso de Argumento A-Moralidade-Deve-Vir-de-Deus. O Argumento A-Moralidade-Deve-Vir-de-Deus é decerto

De onde vêm o certo e o errado?

um argumento muito popular. Ouvi muito esse mesmo argumento de muitas pessoas diferentes. Mas esse argumento é bom?

Imagine que Deus tenha dito que matar é certo...
Na verdade, o Argumento A-Moralidade-Deve-Vir-de-Deus não é bom, como explicarei.

O homem no rádio afirmou que matar é errado *porque* Deus disse que é errado. De fato, Deus *torna* o ato de matar errado dizendo que é errado.

Mas isso significa que, *se Deus, ao contrário, dissesse que matar é certo, então matar seria certo*? Isso não pode ser certo, pode? Pergunte a você mesmo: suponha que Deus tivesse dito que matar é certo; então seria certo?

Claro que não. É claro que, mesmo se Deus tivesse dito que *devemos* matar, ainda seria errado sair por aí matando gente. Nem mesmo Deus pode fazer com que matar outras pessoas seja certo.

O homem no rádio argumentou assim: a moralidade não pode vir de nós porque não podemos tornar o ato de matar certo só dizendo que é certo. O que o homem no rádio deixou de observar é que exatamente o mesmo é verdade para Deus. Matar é sempre errado, não importa o que Deus tenha a dizer sobre isso. Portanto, pelo mesmo argumento, a moralidade tampouco pode vir de Deus.

Resposta número 3: as coisas são certas ou erradas de qualquer jeito

Estamos examinando a questão: De onde vem a moralidade? Examinamos duas respostas diferentes a essa questão. A primeira resposta era: a moralidade vem de nós. A segunda resposta era: a moralidade vem de Deus. Nenhuma dessas respostas parece ser correta. Então, vamos nos voltar para a terceira das três respostas que vamos examinar. A terceira resposta é: *as coisas são certas ou erradas de qualquer jeito*, não importa o que nós ou até Deus digamos sobre elas.

Fatos morais objetivos

Os que dizem que matar é errado de qualquer jeito, não importa o que Deus tenha a dizer a esse respeito, estão dizendo que *o ato de matar ser considerado errado* é um fato objetivo.

O que é um *fato objetivo*? Aqui está um exemplo. Suponha que eu acredite que há uma caneta sobre a mesa atrás de mim.

Minha crença pode ser verdadeira ou falsa. Suponha que minha crença é verdadeira. O que a *torna* verdadeira é um certo *fato* correspondente: o fato de que há uma caneta atrás de mim sobre a mesa.

MINHA CRENÇA É VERDADEIRA

MINHA CRENÇA É FALSA

De onde vêm o certo e o errado?

E esse fato parece ser um fato *objetivo*. O que quero dizer é: é um fato que há uma caneta sobre a mesa, não importa se eu ou outra pessoa sabemos que há uma caneta sobre a mesa e não importa o que eu ou outra pessoa sentimos sobre haver uma caneta sobre a mesa. Que há uma caneta sobre a mesa é um fato "lá fora" no mundo, um fato que existe de qualquer jeito, não importa o que alguém sente ou pensa sobre isso.

Agora você pode supor que também exista um fato objetivo quanto a ser errado o que Murphy, o assassino, fez.

Eu acredito que o que Murphy fez é errado. E você pode supor que minha crença se torna verdadeira por um fato correspondente: o fato de que o que Murphy fez é errado. Você também pode supor que esse fato é um fato *objetivo*: está lá fora *de qualquer modo*, não importa o que eu ou qualquer outra pessoa (inclusive o próprio Deus) sente ou pensa sobre ele. Portanto, mesmo se ninguém considerasse que o que Murphy fez é errado, *continuaria* sendo errado.

Se há fatos objetivos morais, então a resposta correta à questão: de onde vem a moralidade? é: *não vem de nós, nem de Deus ou de mais ninguém nesse caso*. A moralidade está "lá fora": é independente de *todos* nós.

Os arquivos filosóficos

E isso parece de fato correto, não parece? Com certeza, mesmo se nós e os vargs e Deus decidíssemos todos que não há nada de errado em matar...

... na verdade, matar *ainda* seria errado, não seria? Parece, portanto, que existem de fato fatos morais objetivos.

Como detectamos o errado?

Mas ainda há problemas com a teoria de que há fatos morais objetivos. Um problema muito famoso: como *descobrimos* esses fatos? Ou, em outras palavras, como detectamos essa propriedade — estar errado — que os atos de matar e roubar supostamente têm?

Para explicar esse problema, vou contar-lhes uma história. A história é sobre dois marcianos em visita à Terra.

Os visitantes marcianos

Um dia, dois marcianos, Flib e Flob, aterrissam em meu jardim.

De onde vêm o certo e o errado?

Flib e Flob são bem parecidos conosco. Também têm olhos e ouvidos, uma boca e um nariz, dois braços e duas pernas.

Flib e Flob oferecem-me um passeio pela cidade a bordo de seu disco voador. Então entramos e partimos. Enquanto voamos, contemplamos pela janela a cidade abaixo de nós.

Flib e Flob tornam o disco voador invisível para que ninguém nos veja enquanto deslizamos pelos topos dos telhados. Damos uma volta pela cidade e olhamos os pombos. Então, quando passamos por uma rua estreita nos subúrbios da cidade, noto algo. Vejo um jovem tentando roubar a bolsa de uma mulher que caminha de volta para casa após fazer suas compras. Logo aponto aquilo para os marcianos.

— Vejam! — eu digo. — Aquele homem está tentando roubar a bolsa daquela mulher. Isto é errado!

Mas Flib e Flob só parecem intrigados. Flob diz:

— Ah, sim, errado. Nós não entendemos o significado terráqueo de certo e errado. Por favor, mostre-nos o que está errado.

Os arquivos filosóficos

Onde está o errado?

— Vejam! — eu digo, apontando o ladrão. — Vocês não estão *vendo* que aquele homem está fazendo uma coisa errada?

Mas Flib e Flob *não conseguem* ver o que há de errado no que ele está fazendo.

— Não — replica Flob. — Nossos olhos são exatamente iguais aos olhos de vocês. Mas achamos essa conversa de *ver o errado* muito estranha. Simplesmente não conseguimos ver essa coisa que o pessoal da Terra chama de errado. Onde está o errado?

Os marcianos me encaram esperando uma resposta. Não tenho muita certeza do que eles querem saber. Então Flob prossegue.

— Temos cinco sentidos exatamente como vocês, terráqueos. Também enxergamos e ouvimos. Também cheiramos e degustamos as coisas. E temos tato exatamente como vocês. Mas nossos cinco sentidos não nos permitem detectar essa coisa que vocês chamam de *errado*. Achamos isso muito misterioso. O que queremos saber é: *onde* está o errado? Por favor, aponte-nos o errado. Por favor, explique-nos como os humanos conseguem detectá-lo. Por qual de seus sentidos vocês o percebem?

Agora começo a entender aonde Flib e Flob querem chegar. Certamente, o errado não parece ser observável da mesma maneira que o vermelho é. O vermelho é algo que você vê (dá para ver o vermelho de uma maçã, por exemplo). Por outro lado, o errado parece ser invisível.

De onde vêm o certo e o errado?

O "scanner" SRID

Olho o homem lá embaixo brigando para arrancar a bolsa da mulher. Tenho de admitir que não tenho certeza de *como* detecto o errado do que ele está fazendo. Mas ainda assim tenho absoluta certeza de que o homem está fazendo algo errado. Portanto, tenho de me esforçar para explicar aos marcianos o errado do que o ladrão está fazendo.

— Vejam! Aquele homem está roubando a bolsa daquela mulher! Vocês estão vendo *isso*, não estão?

Flob diz que é claro que eles estão vendo *isso*.

— Bem, roubar é *errado*, não é?

Flib e Flob não entendem. Flib pergunta:

— Mas *onde está* o errado? Essa coisa adicional que você chama de *errado* não é detectada por nós quando observamos as pessoas roubando. E o errado não aparece em nenhum de nossos equipamentos para escanear.

Flib aponta um enorme objeto parecido com uma arma no canto da cabine do disco.

— Isso é o SRID — o *Scanner de Resolução Infinita Detecta-Tudo*. É o *scanner* mais poderoso e abrangente de todo o universo. Não há nada no mundo natural que o SRID não consiga detectar! Mas até o SRID não consegue detectar essa coisa que você chama de *errado*. Vamos mostrar-lhe.

Flib e Flob miram o SRID no roubo que está acontecendo na rua.

Apertam um botão vermelho. Ouço um leve zunido quando o SRID começa a escanear o que está acontecendo lá embaixo.

— Está vendo? — diz Flib, apontando os vários mostradores na lateral do SRID. — Não estamos captando nenhum *errado*. Nada, nada!

— Por favor, mostre-nos o errado — continua Flib. — Somos cientistas. Queremos conhecimentos. Queremos uma teoria completa do universo. Não queremos perder nada. Mas essa coisa que você chama de errado continua a nos escapar.

"Mas a mulher está contrariada..."

Decido tomar outro atalho para explicar o errado.

— Vejam. A mulher lá embaixo está muito contrariada. Aquela bolsa contém todo o dinheiro dela. Se ela perder a bolsa, não poderá comprar as coisas de que precisa na loja. Vocês não estão vendo como ela está triste e amedrontada?

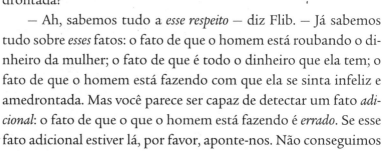

— Ah, sabemos tudo a *esse respeito* — diz Flib. — Já sabemos tudo sobre *esses* fatos: o fato de que o homem está roubando o dinheiro da mulher; o fato de que é todo o dinheiro que ela tem; o fato de que o homem está fazendo com que ela se sinta infeliz e amedrontada. Mas você parece ser capaz de detectar um fato *adicional*: o fato de que o que o homem está fazendo é *errado*. Se esse fato adicional estiver lá, por favor, aponte-nos. Não conseguimos encontrar nenhum vestígio dele!

Fatos que "são" e fatos que "devem ser"

Coço a cabeça.

— O que você está querendo dizer quando afirma que é um fato adicional ser errado o que o homem está fazendo?

Flob explica o seguinte:

— Olhe, ao dizer que alguém está fazendo algo *errado*, vocês, terráqueos, querem dizer que ele *não deveria fazer aquilo*, não é?

— Sim, exatamente.

— Bem, então — continua Flob. — O fato de alguém estar fazendo algo errado é um tipo de fato inteiramente diferente dos fatos que podemos observar. Do mesmo modo que você, *podemos* observar qual é o caso. Podemos observar que aquele homem está roubando a bolsa. Podemos observar que a mulher está contrariada. E assim por diante.

Concordo com a cabeça. Flob continua.

— Mas o fato de que o homem lá embaixo está fazendo algo errado é claramente um fato adicional por cima de todos os fatos sobre o que é o caso. Porque, ao dizer que o homem está fazendo algo errado, você está dizendo claramente *mais* do que ele está fazendo. Você está dizendo que ele *não deveria estar* fazendo o que está fazendo. Portanto, você não está mais falando apenas sobre o que é o caso.

Tenho de concordar com Flob. O fato de que o homem está fazendo algo errado parece efetivamente ser um fato adicional por cima de todos os fatos do que é o caso.

— Então você vê — continua Flob. — Podemos apenas observar o que é o caso. E todos os fatos sobre o caso deixa inteiramente aberta a questão sobre se o homem *deveria* ou *não deveria* fazer o que está fazendo. Então, por favor, explique-nos como você detecta o fato adicional de que ele *não deveria estar* fazendo o que está fazendo. Como você detecta o fato de que o que ele está fazendo é *errado*?

Então, como eu detecto o errado?

Olho para baixo. O homem continua ali se esforçando para roubar a bolsa da mulher. Olho para Flib e Flob. Eles erguem suas sobrancelhas verdes e parecem desapontados.

— Sinto muito — digo. — Simplesmente não sei *como* detecto o errado. Aparentemente não sou capaz de vê-lo, senti-lo, degustá-lo, cheirá-lo ou tocá-lo. Mas *de alguma forma* sei que está lá.

O detector do errado

Um famoso filósofo chamado G. E. Moore tentou resolver o problema quanto a explicar como detectamos o errado. Supôs que temos uma espécie de sentido *adicional* — um sexto sentido — acima de nossos outros cinco. Não podemos ver, ouvir, cheirar, tocar ou degustar o errado. Mas *conseguimos* detectá-lo usando esse sexto sentido. Chamarei esse sentido adicional de nosso *detector de errado*.

Você pode imaginar seu detector de errado mais ou menos como uma antena. Assim como os marinheiros usam uma antena de rádio para detectar um submarino escondido sob as ondas, seu detector de errado permite-lhe que detecte o errado do que al-

guém está fazendo, apesar do fato de você não conseguir detectar o errado com seus outros sentidos.

Portanto, eu detecto o errado do que o ladrão na rua está fazendo usando meu detector de errado. Por que Flib e Flob não conseguem detectar o errado do que o homem está fazendo? É claro que é porque eles não possuem um detector de errado.

Moore resolveu o problema quanto a explicar como detectamos o errado? Não. Não realmente. Moore simplesmente disse que, devido a algum mecanismo estranho — um detector de errado —, conseguimos detectar o errado. Mas continua sendo absolutamente misterioso como esse detector de errado supostamente funciona. Então, continuamos imersos num grande mistério.

Que tal voltar ao ponto de partida?

Examinamos a visão de que há fatos morais objetivos. Na visão de que há fatos morais objetivos, o errado está "lá fora". É uma propriedade que os atos de roubar têm *de qualquer modo*, não importa o que alguém (inclusive o próprio Deus) pensa ou sente sobre isso.

Também vimos que há *um grande problema* nessa visão. Se o errado realmente estivesse "lá fora", então parece que seria uma espécie de propriedade bem *estranha*, *indetectável*. De fato, parece que, se o errado realmente estivesse "lá fora", não seríamos capazes de conhecê-lo.

Logo, como *consigo* detectar quando alguém está fazendo algo errado, parece que não pode ser um fato objetivo que o que ele está fazendo é errado.

Uma grande vantagem da visão de que a moralidade vem de nós

Na verdade, aparentemente estamos sendo obrigados a voltar ao nosso ponto de partida. Parece que estamos sendo obrigados a voltar à posição de que a moralidade deve, afinal, *vir de nós*. Porque uma vantagem realmente grande da visão de que a moralidade vem de nós é que ela explica com muita clareza por que Flib e Flob não conseguem detectar o errado do que o ladrão está fazendo.

Pegue a Teoria do Bu-Viva, por exemplo. Ela explica claramente porque Flib e Flob não conseguem encontrar o fato que torna o que eu digo verdade no momento em que digo "Aquele homem está fazendo algo errado!". Porque, segundo a Teoria do Bu-Viva, estou simplesmente *expressando* como me sinto. É como se eu estivesse gritando "Bu para o que aquele homem está fazendo!". Não estou fazendo nenhuma afirmação. Portanto, o que estou dizendo não é *nem verdadeiro nem falso*.

Mas isso significa que Flib e Flob estão num *beco sem saída*. Estão buscando desesperadamente o "fato" que torna o que estou dizendo "verdadeiro".

Mas claro que *não existe tal fato*.

A Teoria dos Sentimentos também explica claramente por que Flib e Flob não conseguem encontrar o fato que torna o que eu estou dizendo verdadeiro. Segundo a Teoria dos Sentimentos, quando digo a Flib e Flob: "Aquele homem está fazendo algo errado!", o que eu digo é verdade. Efetivamente, o que estou dizendo torna-se verdadeiro devido a um fato. Mas é claro que o que digo *não* se torna verdadeiro devido a um fato moral objetivo. Não se torna verdadeiro em razão de um fato a respeito de como as coisas são "lá fora", do outro lado da janela. Ao contrário, o fato que torna o que digo verdadeiro é *um fato que me diz respeito* — o fato que desaprovo o que o homem está fazendo.

É por isso que Flib e Flob não conseguem encontrar o fato que torna o que eu digo verdadeiro: estão procurando no lugar errado. Para encontrar o fato que torna o que digo verdadeiro, Flib e Flob devem parar de olhar pela janela. Devem virar-se e examinar-*me*.

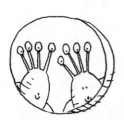

O quadro inteiro

Nossa jornada filosófica foi bem longa e complicada. Você deve estar se sentindo um pouco perdido. Vamos recuar um pouco para ver onde estivemos. Vamos examinar o quadro inteiro.

A grande questão filosófica que estivemos examinando é a seguinte: *de onde vem a moralidade*? A moralidade *vem de nós*? Ou *vem de Deus*? Ou existem *fatos morais objetivos*? Ou seja, as coisas são certas ou erradas *de qualquer jeito*, independentemente do que nós, ou Deus, ou alguma outra pessoa digamos sobre elas?

Ao tentar responder a essa questão, deparamos com um problema — um problema filosófico muito famoso. O problema é que nos encontramos sendo empurrados em duas direções ao mesmo tempo. Por um lado, aparentemente *devem* existir fatos morais objetivos. Mas, por outro, parece que *não é possível* existirem fatos morais objetivos.

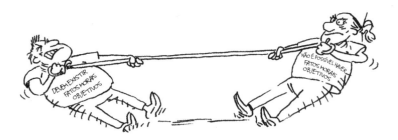

Por que *devem* existir fatos morais objetivos? Porque parece que, quando dizemos "Matar é errado", fazemos uma afirmação que se torna verdadeira devido a um fato; o fato de que matar realmente é errado. E esse fato é um *fato objetivo*: matar é com certeza errado *de qualquer jeito*, independentemente do que nós, ou os vargs, ou até Deus pensamos sobre matar. Portanto, mesmo que nós, os vargs e Deus todos sintamos que matar é certo...

... matar *continuaria* sendo errado.

Por que *não é possível* haver fatos morais objetivos? Bem, como Flib e Flob apontaram, se o errado estivesse "lá fora" — se o errado fosse uma propriedade que matar tivesse *de qualquer jeito*, independentemente do que alguém pensasse sobre matar —, então parece que depararíamos com um mistério insolúvel: como *detectamos* essa propriedade? Aparentemente, *não conseguiríamos* detectá-la. Nesse caso, não poderíamos saber que matar é errado. Portanto, como *sabemos* que matar é errado, parece que não é possível haver um fato moral objetivo de que matar é errado.

Como resolver esse enigma? Isso é algo que os filósofos ainda discutem atualmente. Devo admitir que estou confuso. Não tenho tanta certeza de onde vem a moralidade. O que você acha?

Arquivo 7

O que é a mente?

Minha mente

Este sou eu.

E isto é um tijolo.

Uma diferença importante entre mim e o tijolo é a seguinte: ao contrário do tijolo, tenho uma *mente*.

Então o que passa pela minha mente? Bem, ter uma mente típica humana significa que posso *ter experiências*. Por exemplo, posso deliciar-me com o gosto da geléia de laranja e com o cheiro do café que acabam de fazer.

Também posso *tomar decisões*. Por exemplo, posso decidir dar uma caminhada.

Ter uma mente humana típica significa que também posso *ter sensações*, como a dor, e *resolver coisas* (como as respostas às palavras cruzadas).

Também posso *lembrar* coisas, *sentir emoções* e *ter crenças* (como minha crença de que vai chover).

Um tijolo, por sua vez, não pode fazer nada disso.

Mentes de morcego

É claro que não são só os humanos que têm mentes. Pegue os morcegos, por exemplo. Parece que os morcegos também têm mentes. Mas também parece que a mente do morcego é muito diferente da nossa.

Os morcegos usam algo chamado *ecolocalização* para encontrar seu caminho. O morcego emite um guincho muito agudo. O ruído é tão agudo que nós, os humanos, não conseguimos ouvi-lo.

O que é a mente?

O ruído ricocheteia nos objetos perto do morcego, produzindo um eco. O morcego tem ouvidos muito grandes e sensíveis para ouvir esse eco. A força do eco, a direção da qual vem e o tempo que demora para voltar permitem que o morcego construa uma imagem do que está ao seu redor.

Usando a ecolocalização, um morcego consegue "enxergar", mesmo quando está completamente escuro. É assim que os morcegos conseguem voar à noite sem bater em nada.

Pergunto-me como seria a mente do morcego. Como é o mundo para um morcego quando ele "enxerga" usando a ecolocalização? A experiência do morcego deve ser de fato muito estranha. Deve ser bem diferente de qualquer experiência que podemos ter.

O cérebro

Não tenho apenas uma mente. Tenho também um *cérebro*. Meu cérebro é um órgão meio lodoso, cinzento, que se encontra na minha cabeça entre minhas orelhas.

Átomos e moléculas

É claro que o cérebro é um *objeto físico*. Faz parte do universo físico. Exatamente como os outros objetos físicos, meu cérebro é feito de *matéria física*.

A matéria física é feita de partículas minúsculas chamadas *átomos*. Esses átomos agrupam-se para formar partículas levemente maiores chamadas *moléculas*. Todo objeto físico — o seu cérebro, um amendoim, este pedaço de papel, uma escrivaninha ou até o planeta Terra — é feito de átomos e moléculas.

Células

Um corpo vivo é feito de partes minúsculas chamadas *células*.

Seu corpo é feito de muitos *bilhões* de células. As células que formam seu cérebro e seu sistema nervoso são chamadas *neurônios*. Este é um neurônio.

Há *milhões e milhões* de neurônios em seu cérebro. Isso é quase tantos neurônios quantas são as estrelas de nossa galáxia!

Cada um desses neurônios é, por sua vez, formado de átomos e moléculas.

O que é a mente?

Como minha mente e meu cérebro interagem

O que faz o cérebro? Alguns gregos da Grécia antiga achavam que o cérebro era simplesmente um órgão para resfriar o sangue (mais ou menos como o radiador do carro resfria a água).

Mas é claro que hoje sabemos que a finalidade do cérebro é um tanto diferente. Sabemos que o cérebro está intimamente ligado à mente. Sabemos que o que acontece no cérebro afeta o que acontece na mente, e o que acontece na mente afeta o que acontece no cérebro.

Muitas drogas ilustram como o que acontece no cérebro pode afetar o que acontece na mente.

Por exemplo, mudando sutilmente o que está acontecendo em meu cérebro, um analgésico pode fazer minha experiência de dor desaparecer.

Os cientistas também descobriram que, estimulando o cérebro de várias maneiras, podem produzir alguns tipos de experiências na mente, como experiências visuais. Por exemplo, descobriram que, aplicando uma corrente elétrica diminuta em uma região na parte posterior do cérebro, podem fazer a pessoa experimentar um clarão de luz.

Não há portanto dúvidas de que o que acontece no cérebro pode afetar o que acontece na mente. E o inverso também é verdadeiro. O que acontece na mente pode afetar o que acontece no cérebro.

Por exemplo, um cientista vai lhe dizer que, quando você decidir virar esta página, vai acontecer algo em seu cérebro. Seu cérebro manda impulsos elétricos aos músculos de seu braço. Esses impulsos fazem os músculos mover-se fazendo sua mão virar a página. Esse movimento de seu braço foi provocado por algo que aconteceu em seu cérebro.

Portanto os cientistas mostraram que a mente e o cérebro estão intimamente ligados. No entanto, a maior parte do que ocorre dentro do cérebro continua sendo um mistério. Porque o cérebro é *incrivelmente* complexo. É um alvoroço de atividades químicas e elétricas.

Minha mente é um lugar privado

Há um fato estranho com relação às mentes: parecem estar *escondidas* de uma maneira muito peculiar. Suponha que eu olhe para algo roxo-brilhante: por exemplo, minha caneta roxo-brilhante.

Ninguém consegue entrar na minha mente e ter minha experiência dessa cor comigo. Só eu consigo ter minha experiência.

Claro que outras pessoas podem ter experiências exatamente iguais às minhas. Se você olhar para minha caneta, sem dúvida terá uma experiência semelhante de sua cor. Mas sua experiência é sua, e a minha experiência é minha.

Em outras palavras, é como se minha mente tivesse uma parede super-resistente ao redor dela: uma parede que impede que outras pessoas entrem nela.

Todas as minhas experiências, meus pensamentos, meus sentimentos, etc. estão encerrados atrás dessa parede.

Minha mente parece ser como um jardim secreto, um lugar escondido, dentro do qual só eu posso vagar.

Na verdade, o interior da minha mente parece ser escondido dos outros de um modo que até o interior de meu cérebro não é. É claro que os cirurgiões de cérebro podem fazer um raio X de meu cérebro. Podem até abrir meu crânio e ver o que está acontecendo em meu cérebro. Mas parece que nem mesmo um cirurgião de cérebro pode penetrar no domínio da minha mente. Se fossem olhar dentro do meu cérebro bem agora, não deparariam com minha experiência da cor dessa caneta. Não achariam nada roxo-brilhante. Só encontrariam um monte de lodo cinzento.

Exatamente o mesmo é verdade sobre a mente de um morcego. Parece impossível penetrarmos na mente de um morcego e descobrirmos como é ser um morcego. Parece que, mesmo que soubéssemos absolutamente tudo o que há para saber sobre o que está acontecendo fisicamente dentro de um cérebro de morcego quando ele "enxerga" um objeto usando a ecolocalização, isso ainda não nos diria como é realmente a experiência *para o morcego* no interior de sua mente. Continuaríamos não sabendo como é a experiência do mundo para um morcego.

A grande questão: o que é a mente?

Vamos agora examinar a minha questão filosófica neste capítulo. Minha questão é: *o que é a mente?* O que é essa coisa que é consciente, que pensa, que tem experiências, que sente felicidade, raiva e outras emoções, que tem esperanças e medos, que toma decisões, etc.?

Neste capítulo, vamos examinar duas respostas diferentes que os filósofos deram a essa questão.

A primeira resposta é: a mente, de certa forma, *faz parte do mundo físico*. Como a mente faria parte do mundo físico? Bem, uma maneira óbvia seria: o que ocorre em sua mente seria simplesmente o que ocorre em seu cérebro. Talvez nossos pensamentos, nossos sentimentos, nossas emoções, nossas experiências e assim por diante nada mais sejam do que processos físicos ocorrendo dentro de nossos cérebros. Talvez a mente seja apenas o cérebro.

A segunda resposta é: a mente *é separada do mundo físico*. A mente pode interagir com o cérebro, mas certamente não *é a mesma coisa* que o cérebro.

De acordo com essa segunda resposta, nossos pensamentos, nossos sentimentos, nossas emoções, nossas experiências e assim por diante são *algo adicional*: algo que se acrescenta ao burburinho de atividade que ocorre em nossos cérebros.

Qual dessas duas respostas você acha mais plausível?

Aisha e Kobir

Você se lembra de Aisha? Bem, há pouco tempo ela conheceu Kobir, um amigo nosso. Kobir estuda ciências. É universitário.

Aisha e Kobir resolveram tomar um café num bar da cidade. E, como vocês logo descobrirão, acabaram discutindo sobre a mente. Kobir achava que a mente tem de ser parte do mundo físico. Mas Aisha estava convencida de que a mente é algo adicional, algo por cima do que está ocorrendo fisicamente.

Kobir: Mmmm, eu estava precisando tomar um café.
Aisha: Eu também. Adoro café. Mas, conte-me, o que fez hoje de manhã?
Kobir: Hoje de manhã fui assistir a uma palestra do doutor Jones sobre o cérebro.

Aisha então perguntou a Kobir qual tinha sido o tema da palestra daquela manhã sobre o cérebro.

O que é a mente?

Kobir: Hoje o doutor Jones explicou como todas as nossas experiências do mundo são provocadas por nossos órgãos dos sentidos — nossa pele, nossos olhos, nosso nariz, nossos ouvidos e nossa língua —, que mandam impulsos elétricos para nossos cérebros.

Aisha: É mesmo?

Kobir: Aqui está um exemplo. Sinta o cheiro desse café. Cheira bem, não cheira?

Aisha: Cheira. É um ótimo café.

Kobir: Então, segundo o doutor Jones, a experiência que você tem quando sente o cheiro desse café é provocada por partículas diminutas que viajam do café até o seu nariz. Essas partículas entram em contato com as células dentro de seu nariz.

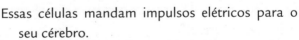

Essas células mandam impulsos elétricos para o seu cérebro.

Isso faz com que algo aconteça em seu cérebro. É assim que finalmente você tem a experiência que está tendo.

Aisha: Que interessante!

Kobir: Não é mesmo? É fascinante descobrir que todas as nossas experiências são realmente apenas algo físico que acontece em nossos cérebros.

Aisha: *O quê?* Espere um pouco. Você está sendo um pouco precipitado.

Kobir pareceu surpreso. Por que Aisha de repente discordava do que ele estava dizendo?

Kobir: Qual é o problema?

Aisha: É o seguinte. Sei que é verdade que, quando eu tenho essa experiência, algo ocorre também no meu cérebro.

Kobir: Sim, está certo.

Aisha: Mas então você disse que minha experiência *é* algo físico acontecendo no meu cérebro, não disse?

Kobir: Claro!

Aisha: Bem, não acredito *nisso*! Talvez a ciência tenha demonstrado que, quando temos experiências, algo também acontece nos nossos cérebros. De fato, parece claro que nossas mentes e nossos cérebros interagem. Mas isso não prova que nossas experiências *são* apenas algo acontecendo em nossos cérebros, prova?

Por que Aisha acha que sua experiência não pode estar em seu cérebro

Aisha certamente tem razão em dizer que, embora a ciência possa ter demonstrado que, sempre que algo acontece em nossas mentes, algo também ocorre em nossos cérebros, disso não decorre que o que acontece em nossas mentes é apenas o que ocorre nos nossos cérebros.

No entanto, há algum motivo para supor que a experiência de Aisha *não* é algo ocorrendo em seu cérebro? Aisha acha que há.

Aisha: Na verdade, acho óbvio que minha experiência *não pode* ser algo acontecendo em meu cérebro.

O que é a mente?

Kobir: Por que não?
Aisha: Está bem. Cheire seu café.
Aisha e Kobir aspiraram profundamente.

Aisha: Então *como* foi sua experiência?
Kobir: O que você quer dizer com como foi?
Aisha: Concentre sua atenção na experiência. Há uma maneira de sentir essa experiência, não há? Uma maneira *sua, de dentro de sua mente*. Então, diga-me, *como* é?
Kobir aspirou o café novamente.
Kobir: Mmmmm. É difícil de descrever. É muito agradável. Uma espécie de *ácido e picante*.
Aisha: É, a minha também é assim.
Kobir: Então, aonde quer chegar?
Aisha: Bem, se você fosse olhar meu cérebro bem agora enquanto estou tendo essa experiência, não iria achar nada *ácido e picante*, iria?

Se você penetrasse no meu cérebro e o examinasse, só encontraria um monte de lodo cinzento. Por mais que examinasse em detalhes o que está acontecendo no meu cérebro, não apareceria nada de ácido e picante, apareceria?

Kobir: Acho que não.

Aisha: Então, se minha experiência é ácida e picante, mas nada no meu cérebro é ácido e picante, minha experiência não pode ser nada no meu cérebro, pode?

O que você acha do argumento de Aisha? Aisha demonstrou que sua experiência não é física?

Temos almas?

Kobir certamente não estava convencido do argumento de Aisha. Na verdade, nem tinha certeza de que havia entendido o que Aisha estava sugerindo.

Kobir: Não estou conseguindo acompanhar. Então o que *é* sua experiência, se não é física? Ela *tem de* ser física. Afinal, só existe o universo físico.

Mas Aisha achava que havia necessariamente algo mais do que apenas o universo físico.

Aisha: Não concordo. De maneira alguma algo físico poderia ter *isso*, a experiência do ácido e do picante que estou tendo agora. De maneira alguma isto poderia ser de fato *consciente*. Então, como *tenho* essas experiências, como *estou* consciente, não posso ser nenhuma coisa física, posso? Deve haver outro tipo de coisa.

Kobir: Que tipo de coisa?

Aisha: Devo ser uma *alma*.

Kobir estava agora realmente confuso. Perguntou o que Aisha queria dizer por uma "alma".

Aisha: Uma alma não faz parte do universo natural, físico com o qual vocês, cientistas, lidam. Não estou falando de um objeto *físico*, um objeto feito de matéria *física*, como uma montanha, um lago, um amendoim ou uma tigela de bugigangas. Estou falando de *outra espécie de coisa completamente diferente*. Estou falando de coisas *não-físicas*. Coisas *sobrenaturais*. Coisas *da alma*!

Kobir: Então você acredita que não fazemos parte do universo físico? Você — a coisa que tem experiências, pensamentos, sentimentos conscientes, etc. — é uma *alma*?

Aisha: Isso mesmo.

Kobir: E eu também tenho alma?

Aisha: Claro. Nós dois temos almas.

Qual o cheiro de uma experiência de alma?

Vamos chamar a teoria de Aisha de que todos nós temos uma alma de *Teoria da Alma*.

Segundo Aisha, ela tem um corpo físico. Mas ela própria não é algo físico. Ela — a coisa que tem experiências conscientes, a coisa que pensa e sente — é uma alma. Isso significa que, depois que seu corpo físico morrer e deixar de existir, Aisha ainda pode continuar existindo.

Então como, segundo a Teoria da Alma, Aisha experimenta as coisas no mundo físico? Como, por exemplo, Aisha chega à experiência de sentir o cheiro do café em sua frente?

Aisha concorda com Kobir que as partículas diminutas do café sobem pelo seu nariz. Essas partículas então estimulam as células de dentro de seu nariz — as células das quais Kobir estava falando. As células, em seguida, enviam impulsos elétricos para seu cérebro.

Mas, segundo Aisha, Kobir não tem razão em dizer que o que acontece no cérebro de Aisha é sua experiência. É sua *alma* que tem a experiência, não seu cérebro.

Então como o cérebro de Aisha faz sua alma ter a experiência? Bem, segundo Aisha, é como se seu cérebro tivesse um pequeno transmissor. Esse transmissor permite que seu cérebro mande uma mensagem para sua alma.

É assim que a alma de Aisha chega à experiência do cheiro do café.

Paraíso e reencarnação

É claro que muitas pessoas religiosas acreditam na Teoria da Alma. Algumas até acreditam que depois que seus corpos físicos

O que é a mente?

morrerem, suas almas continuam a viver. Vão para o Paraíso. Outras acreditam na *reencarnação*: acreditam que, quando morrerem, suas almas passam para outro corpo físico (embora possa ser um corpo não-humano: podem reencarnar como um cachorro ou uma lesma).

Mas, embora muita gente acredite na Teoria da Alma, certamente há muita coisa a engolir. Mesmo que você acredite na Teoria da Alma, tem de admitir: a afirmação de que não existe apenas a coisa física, de que existe também uma espécie de coisa sobrenatural, da alma, com certeza não soa muito *científica*, soa?

Um problema na Teoria da Alma

Aisha levantou-se e foi até a mesa de doces. Diante dela, havia dois pratos.

Num dos pratos havia bombas geladas. No outro, *brownies* de chocolate. Aisha decidiu pelo *brownie* de chocolate. Então estendeu sua mão, envolveu um dos *brownies* de chocolate com os dedos e pegou-o.

Em seguida Aisha tornou a sentar perto de Kobir e começou a mastigar seu *brownie*.

Kobir: Honestamente, Aisha, o que você está falando é uma bobagem! Não existem coisas como almas. Almas são tão pouco científicas!

Aisha: Por quê?

Kobir: Veja, seu corpo acabou de se mover. Sua mão se estendeu e pegou um daqueles *brownies* de chocolate.

Aisha: Claro.

Kobir: Então, o que *fez* sua mão se mover?

Aisha: Bem, minha mão foi movida pelos músculos do meu braço. Esses músculos, por sua vez, foram movidos por impulsos elétricos vindos de meu cérebro.

Kobir: Concordo. Isto é a visão científica. Sua mão foi movida por *algo que aconteceu no seu cérebro*.

Aisha: Isso mesmo.

Kobir: Mas achei que supostamente deveria ser sua *alma* o que fez sua mão se mover?

Aisha: Fez mesmo. Fez minha mão se mover fazendo algo acontecer em meu cérebro. Foi como se meu cérebro tivesse um pequeno receptor que recebesse mensagens enviadas pela minha alma.

Minha alma fez algo acontecer em meu cérebro. Isso fez meus músculos se moverem. Isso fez minha mão pegar o *brownie*.

O que é a mente?

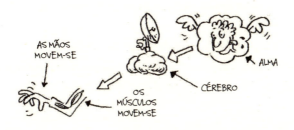

Kobir: Então o que aconteceu no seu cérebro foi provocado por sua *alma*?

Aisha: Sim, claro.

Kobir: O que aconteceu em seu cérebro não foi provocado pelo que estava acontecendo *fisicamente*?

Aisha: Não, é óbvio que não.

Kobir achou que agora tinha detectado um problema na teoria de Aisha. Deu um gole no café e começou a explicar o problema para Aisha.

Kobir: Acho que descobri um problema em sua teoria, Aisha. O cérebro é parte do universo físico, não é?

Aisha: Claro.

Kobir: Bem, parece que o que acontece no universo físico é sempre fixado de antemão pelo fato de como as coisas são fisicamente.

Aisha: O que você quer dizer?

Kobir: Veja. Um minuto antes de você pegar aquele *brownie*, você ainda não tinha tomado nenhuma decisão sobre pegar um *brownie* ou uma bomba gelada, tinha?

Aisha: Não, nem tinha notado os *brownies* e as bombas.

Kobir: Certo. No entanto, parece que se os cientistas soubessem absolutamente tudo o que há para saber sobre o que estava acontecendo fisicamente neste bar um minuto antes de você pegar aquele *brownie*...

Aisha: Absolutamente tudo? Até o movimento de cada último átomo do meu cérebro?

Kobir: Sim, absolutamente tudo: se tivessem *toda* essa informação, seria possível eles descobrirem que sua mão ia se estender e pegar aquele *brownie* quando ela se estendeu e o pegou.

Veja, o que acontece no seu cérebro, o movimento de sua mão — *todos* esses eventos físicos estão estabelecidos de antemão por como as coisas são *fisicamente*. Aqui está outro exemplo: o fato de nossos dois corpos terem entrado neste bar hoje de manhã estava estabelecido de antemão por como as coisas eram fisicamente duas horas atrás, mesmo antes de nós decidirmos vir ao bar.

Aisha: E então...?

Kobir: E então isso significa que não há possibilidade de algo não-físico como uma alma afetar o que acontece no nível físico. Isso significa que *sua alma não será capaz de ter nenhuma influência sobre o que seu corpo faz.*

Aisha coçou a cabeça com um ar confuso.

Aisha: Por que não?

Kobir: Examine por essa perspectiva. Suponha que você tenha decidido *não* pegar um *brownie*. Suponha que você tenha decidido pegar uma bomba gelada. Sua mão teria pegado aquele *brownie* de chocolate *de qualquer forma*.

Teria pegado o *brownie* porque teria sido *obrigada* por como as coisas são fisicamente.

Aisha: Ah, estou entendendo. Você está dizendo que, quando chega ao universo físico, tudo o que acontece é provocado por como as coisas eram anteriormente. Não existe, portanto, espaço para nada não-físico influir em como as coisas se tornam. Minha alma não será capaz de afetar o que a minha mão faz.

Kobir: Certo. Então, já que você *pode* fazer sua mão fazer o que você quer que ela faça, aparentemente você não pode ser uma alma. A Teoria da Alma deve estar errada.

Aisha: Que coisa!

Kobir acabara de explicar um problema muito sério e muito famoso da Teoria da Alma: se existisse algo como a alma, parece que ela não seria capaz de afetar o que nossos corpos fazem. Os filósofos tentaram inúmeras maneiras diferentes de resolver esse problema. Mas não garanto que nenhuma de suas soluções tenha realmente funcionado. Então, talvez, como Kobir, devêssemos rejeitar a Teoria da Alma.

Um mistério

Alguém que rejeita a Teoria da Alma — que acredita que haja apenas a coisa *física* — é aquele que é conhecido como um *materialista*. Segundo os materialistas, só existe o mundo natural, físico. Isso significa que eu — a coisa que tem experiências conscientes, pensa, sente e assim por diante — devo de alguma forma ser *parte do* universo físico.

No entanto, o materialismo depara com um grande mistério. O mistério é o seguinte: simplesmente como poderia parte do universo físico chegar a ter a centelha da consciência? Como um mero pedaço da matéria física poderia sentir tristeza ou dor? Como conseguiria ter *isso* — a experiência que tenho quando sinto o cheiro de café na xícara sobre a escrivaninha à minha frente. Como, simplesmente juntando átomos e moléculas de determinada forma, é possível torná-los *uma unidade: uma mente*? Isso é o que os materialistas como Kobir têm de explicar.

A teoria de Kobir

Na verdade, Kobir não achava que havia muito mistério a decifrar a esse respeito. Então começou a explicar a Aisha sua teoria sobre a mente.

Kobir: Eu acho que cada tipo diferente de estado mental é, na verdade, apenas um tipo de *estado do cérebro*.

Aisha: Estado do cérebro?

Kobir: Vou explicar. O cérebro é um órgão muito complicado. É feito de cerca de um bilhão de células. Essas células são chamadas *neurônios*. Os neurônios são entrelaçados para formar uma rede incrivelmente complexa.

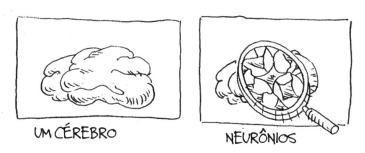

O que é a mente?

Aisha: Mas o que os neurônios têm a ver com consciência? O que têm a ver com minha experiência de dor, por exemplo?

Kobir: Bem, quando alguém sente dor, seu cérebro está em determinado *estado*. Alguns neurônios estão irritados em seu cérebro.

Aisha: Entendo.

Kobir: E parece-me que alguém ter dor *é só* esses neurônios estarem irritados. A dor *é apenas* esse estado particular do cérebro. A dor e o estado do cérebro são *uma mesma e única coisa*.

Aisha: Não tenho certeza de que entendi.

Kobir: Veja, muitas vezes descobrimos que o que pensamos serem duas coisas diferentes é na verdade *uma única e mesma coisa*, não é? Por exemplo, um explorador pode descobrir que a montanha que vê de determinada selva e a montanha que consegue ver de determinado deserto são de fato *uma única e mesma montanha*.

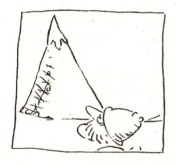 

O explorador não se deu conta até então de que estava olhando exatamente para a mesma montanha, mas de dois lados diferentes.

Aisha: Ah, estou entendendo. Você está dizendo que, assim como a montanha que o explorador viu da selva se revelou exatamente a mesma montanha que ele vira do deserto, a dor pode revelar-se um certo estado do cérebro. A dor e o estado do cérebro também podem revelar-se a mesma e única coisa.

Kobir: Exatamente!

Aisha: E o mesmo acontece com todas as nossas outras experiências conscientes também?

Kobir: Sim, é isso. O mesmo acontece quando nos sentimos felizes, quando experimentamos a cor amarela, quando experimentamos o gosto amargo, etc. Cada uma dessas experiências é, na verdade, apenas um estado do cérebro.

Aisha: Então *esta* — a experiência que estou tendo bem agora quando sinto o cheiro deste café — é apenas um estado do cérebro?

Kobir: Sim, é isso.

Vamos chamar a teoria de Kobir de que nossas experiências, etc. são realmente apenas estados do cérebro de *Teoria do Cérebro*.

"Mas a dor é no meu pé..."

Você pode estar se sentindo inquieto com a Teoria do Cérebro pelo seguinte. Certamente você pode pensar que, quando sinto uma dor no meu pé, a dor está localizada *no meu pé*. Portanto, não *está* no meu cérebro, está?

Esta é uma boa objeção à Teoria do Cérebro? Talvez não. Aqui está uma maneira de defender a Teoria do Cérebro dessa objeção. Às vezes, quando as pessoas têm de amputar as pernas parece-lhes que ainda conseguem senti-las. De fato, muitas vezes relatam sen-

tir dor nos pés. Mas é claro que essas pessoas não têm mais pés. Seus pés deixaram de existir.

Nesse caso, não seria correto dizer que a dor que essas pessoas sentem localiza-se em seus pés. Mas onde está sua dor se não está em seus pés?

Bem, essas pessoas não sentiriam nenhuma dor se algo não estivesse acontecendo em seus cérebros; então uma sugestão óbvia a fazer é que sua dor está em seu cérebro. E, se a dor *delas* está localizada no cérebro, presumivelmente a sua e a minha também.

O exemplo da água de Kobir

Aisha então perguntou o seguinte a Kobir.

Aisha: Está bem. Se a dor é um estado do cérebro — se ter dor é só certos neurônios estarem irritados no cérebro —, que estado do cérebro é?

Kobir: Tenho de admitir que não sei. Nós, os cientistas, não descobrimos ainda que estado do cérebro é a dor. Mas temos todos os motivos para supor que *vamos* descobrir um dia. Olhe esse copo de água. Sendo um cientista, posso dizer-lhe que água é H_2O. O copo está cheio de moléculas, cada uma delas formada de dois átomos de hidrogênio e de um átomo de oxigênio, assim.

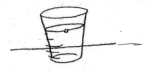

Kobir fez um esboço desse diagrama na capa do cardápio.

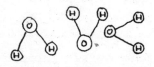

Kobir: Os cientistas demonstraram que H_2O é exatamente o que a água é. Descobriram que água e H_2O é *exatamente a mesma coisa*.

Aisha: O que tem isso a ver com a dor?

Kobir: Bem, acredito que um dia os cientistas descobrirão igualmente que estado do cérebro é a dor. Talvez cheguem a isso escaneando os cérebros das pessoas com dor.

Estou dizendo que, assim como a água revelou-se H_2O, a dor vai revelar-se um certo estado do cérebro. Por que não?

A Teoria do Cérebro de Kobir realmente soa muito "científica", não é? Na verdade, muitos cientistas acham óbvio que algo como a Teoria do Cérebro deve ser verdadeiro.

O argumento do extraterrestre sem olhos

Mas Aisha ainda tinha certeza de que a Teoria do Cérebro estava errada. Para ela, parecia óbvio que suas experiências conscientes não poderiam ser estados do cérebro. Então fez uma última tentativa para explicar o motivo de suas dúvidas.

Aisha: Acho que ainda acredito que sua Teoria do Cérebro é falsa.

Kobir: Por quê?

Aisha: Já expliquei por quê. Os cientistas do cérebro podem entrar no meu cérebro. Mas jamais podem penetrar na minha mente. A mente é meu lugar privado, bem separado do mundo físico.

Kobir: Ainda não tenho certeza de que entendo seu argumento.

O que é a mente?

Aisha: Está bem. Vou dar-lhe outro exemplo. Quero *provar* a você que minhas experiências nada têm de físico.

Kobir: *Provar*? Duvido!

Aisha: Aceito o seu desafio. Vou contar-lhe uma história: a história dos *extraterrestres sem olhos*.

Kobir: Extraterrestres sem olhos?

Aisha: Sim. Imagine que existam criaturas extraterrestres inteligentes que não têm olhos. São completamente cegas.

Kobir: Então como se movimentam por aí?

Aisha: Principalmente pelo tato — têm braços longos, ondulados, parecidos com tentáculos — e pelo som — têm ouvidos grandes, sensíveis, como os morcegos.

Claro que esses extraterrestres também têm consciência. Também têm experiências conscientes. Mas, como não têm olhos, não têm nenhuma experiência de cor. No entanto, os extraterrestres têm muita curiosidade sobre nós, humanos. Em particular, gostariam

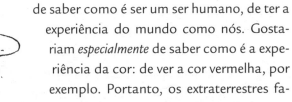

de saber como é ser um ser humano, de ter a experiência do mundo como nós. Gostariam *especialmente* de saber como é a experiência da cor: de ver a cor vermelha, por exemplo. Portanto, os extraterrestres fazem o seguinte: raptam você. Levam-no em seu disco voador. Amarram-no. Depois fazem-no olhar para muitas coisas diferentes que sabem que descrevemos como vermelhas: uma garrafa de *ketchup*, um morango, etc.

Kobir: Estranho! Por que fazem isso?

Aisha: Bem, quando você olha para essas coisas, você tem a experiência da cor vermelha. Então, enquanto você está tendo essas experiências, os extraterrestres escaneiam seu corpo usando um *scanner* incrivelmente avançado.

Esse *scanner* informa os extraterrestres sobre *absolutamente tudo* o que há para saber acerca do que está acontecendo dentro de você *fisicamente* quando você está tendo a experiência do vermelho, inclusive o que está ocorrendo em seu cérebro.

Kobir: *Absolutamente* tudo? Até o último átomo?

Aisha: Sim. Absolutamente tudo. Agora, a grande questão: toda essa informação *física* sobre você vai revelar aos extraterrestres *o que é realmente* ter uma experiência do vermelho?

Kobir: Hmmm. Não, acho que não. Eles são cegos. Então ainda não saberão *como* é ver a cor.

Aisha: Exatamente. Parece que, por mais informações que os extraterrestres reúnam sobre o que está acontecendo dentro de você *fisicamente* quando você tem a experiência, inclusive o que está acontecendo dentro de seu cérebro, isso ainda não revelará aos extraterrestres *como realmente* é a experiência do ponto de vista de quem a está tendo.

Kobir: Entendo.

Aisha: Esta é minha prova de que a Teoria do Cérebro é falsa. Os extraterrestres *não* sabem que você está tendo *esta* experiência — a experiência que você e eu temos quando olhamos para a garrafa de *ketchup*. Certo?

O que é a mente?

Kobir: Certo, concordo que ainda não sabem *este* fato.

Aisha: Mas o *scanner* informa a eles todos os fatos *físicos* a seu respeito, certo?

Kobir: Certo.

Aisha: Portanto, disso decorre que o fato de que você está tendo esta experiência não é um fato *físico* seu! A própria experiência *não é física*!

Kobir: Mas isso não pode estar certo.

Aisha: *Está* certo!

Kobir: De forma alguma! A experiência *tem* de ser algo físico. Simplesmente *tem* de haver algo errado em seu argumento!

Aisha: O quê?

Kobir: Bem, não sei.

O mistério da mente

Vamos voltar ao ponto de partida para ver até onde chegamos. Estivemos examinando a questão: *o que é a mente*? A mente é de certa forma *parte* do universo físico? Ou a mente é algo adicional; algo que existe *adicionalmente* ao físico? Ao tentar responder a essa questão, vimo-nos sendo puxados para duas direções diferentes ao mesmo tempo.

Kobir puxou-nos numa direção.

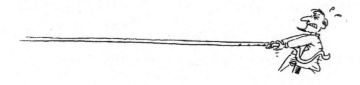

Os arquivos filosóficos

Ele deu um argumento que parece demonstrar que de certa forma nossas mentes devem fazer parte do universo físico: parece que, se nossas mentes não fossem físicas, não seriam capazes de fazer nossos corpos se moverem, mas são capazes disso.

Por que então não aceitar simplesmente que nossas mentes são físicas? Porque Aisha tem um argumento que nos puxa para outra direção. O Argumento de Aisha dos Extraterrestres Sem Olhos parece demonstrar que os fatos sobre o que ocorre em nossas mentes estão escondidos de uma maneira que os fatos *físicos* sobre nós não estão. Neste caso, aparentemente a mente não pode ser física.

Parece, portanto, que a mente tem de ser parte do mundo físico. No entanto, por outro lado, parece que não pode ser parte do mundo físico. Então faz parte de qual mundo? Tenho de admitir que não tenho certeza. E não sou o único a não ter certeza. Hoje, nas universidades do mundo todo, os filósofos e os cientistas continuam a debater-se com a questão de como nossas mentes e nossos corpos físicos se relacionam.

O que você acha?

Arquivo 8
Deus existe?

O universo

Estou sentado no topo de uma colina sob um lindo céu noturno.

As estrelas estão piscando, luminosas. A leste, a Lua brilha sobre três cumes, quase cheia. A oeste, vejo as flechas das torres de Oxford. Acima das torres, há um tênue fulgor arroxeado onde o Sol se pôs há alguns minutos. Entre o fulgor e a Lua estão suspensos dois pontos de luz brilhantes — os planetas Vênus e Júpiter.

Sentado naquele topo de colina, ocorre-me o quanto o universo é vasto. Aqui estamos, sentados na crosta exterior resfriada de uma bola enorme de rocha incandescente: o planeta Terra.

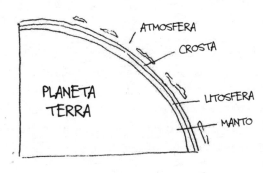

De vez em quando um pouco de rocha liqüefeita — a lava — jorra e forma um vulcão.

A Terra gira uma vez em seu eixo a cada vinte e quatro horas. Foi isso que fez o Sol desaparecer de vista há pouco: o Sol não se mexeu, foi a Terra que girou. A Lua, outra grande bola de rocha, dá uma volta em torno da Terra a cada mês. E a Terra dá uma volta em torno do Sol a cada ano.

Esses dois pontos brilhantes de luz ali — Vênus e Júpiter — também são planetas. Na verdade, há nove planetas em nosso sistema solar, todos eles girando lentamente em torno do Sol.

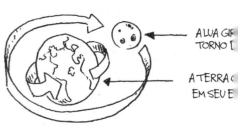

Nosso sol é uma estrela exatamente igual a milhares de outras estrelas que estou vendo acima de mim. Essas outras estrelas estão bem mais longe, é claro. Enquanto a luz do Sol leva oito minutos para nos alcançar, a luz das outras estrelas pode levar dezenas, centenas e até milhares de anos.

As estrelas que vejo espalhadas acima de mim formam parte de um enorme redemoinho de estrelas chamado de *galáxia*. Nossa galáxia é chamada de *Via Láctea*, a Via Láctea sendo apenas uma das milhares de galáxias conhecidas do universo.

Comparado a esse vasto universo, o planeta Terra parece quase inimaginavelmente diminuto e insignificante.

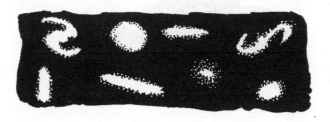

De onde veio o universo?

Quando contemplo o universo, muitas vezes me pergunto: como todas essas rochas, essa poeira e esse espaço chegaram a estar aí? De onde tudo isso veio? O que o *fez* existir?

Os cientistas têm uma teoria a esse respeito. Dizem que o universo começou com uma enorme explosão. Os cientistas chamam essa explosão de *Big-Bang*.

O Big-Bang aconteceu há muito tempo: entre dez e vinte bilhões de anos. Toda a matéria do universo veio do Big-Bang. Foi o começo do espaço. De fato, foi o próprio início do tempo.

Mas, quando os cientistas me dizem isso, não me ajuda muito. Não acaba meu sentimento de que ainda há algo a ser explicado. Porque então quero saber: *o que fez o Big-Bang acontecer?* Por que houve um *bang*, quando poderia ter deixado de haver um *bang*? Isso decerto é um grande mistério, talvez o maior mistério de todos.

O significado da vida

Após alguns momentos, parei de olhar o universo espalhado acima de mim. Olhei para a grama embaixo.

Observei que, na escuridão, entre as hastes de grama, havia insetos minúsculos rastejando. Muitos desses insetos eram formigas. Pareciam muito ocupadas. Quando olhei mais de perto, vi que as formigas estavam empurrando uma folha.

Parece que as formigas estão tentando empurrar a folha para dentro de um buraco no chão. Aquele buraco deve ser onde elas moram. É difícil encaixar a folha. As formigas esforçam-se e esforçam-se e não conseguem enfiá-la no buraco. Pergunto-me por que a folha é tão importante para elas.

Seria fácil para mim baixar o pé e esmagar todas as formigas. Decido não esmagá-las. Mas pergunto-me qual seria a diferença se eu o fizesse. Veja sua atividade frenética, correndo para lá e para cá e tentando enfiar aquela folha no buraco. Tudo isso parece tão sem objetivo. Tão sem significado. Que importância teria se eu abaixasse meu pé e as matasse?

Vista do espaço, a Terra deve parecer um formigueiro gigantesco.

Aqui estamos nós, correndo para lá e para cá como formigas. Nascemos. Crescemos. Vamos ao supermercado. Vamos trabalhar. Assistimos TV. Temos filhos. Morremos. Nossos filhos têm filhos, e estes, por sua vez, têm filhos. Geração após geração de atividade incessante. O ciclo continua. Mas qual é o significado de nossa breve jornada pela vida? Qual é a finalidade de estarmos momentaneamente vivos e conscientes nesse planeta minúsculo no meio de toda essa vastidão? Há alguma finalidade?

Deus

Enquanto estou sentado sob as estrelas, fico tentando decifrar o enigma da existência do universo. Por que está aqui? O que fez o Big-Bang acontecer? Por que houve um *bang* em vez de não haver um *bang*? Também pergunto-me sobre o significado da vida. Qual é a finalidade de estarmos aqui?

Muita gente responderia à questão: o que provocou a existência do universo? dizendo: Deus. Deus criou o universo. Deus fez o Big-Bang acontecer.

Muitas pessoas também acreditam que é Deus que dá significado à nossa existência. Acreditam que há uma finalidade para estarmos aqui. Temos um propósito: um propósito divino. Esse propósito implica amar e obedecer a Deus.

Como é Deus?

Se Deus criou o universo, se é Ele quem dá significado às nossas vidas, como Ele é? Algumas pessoas acham que Deus é mais ou menos assim:

Mas é claro que não pode ser exatamente assim. Deus não é na verdade um velho barbudo. Ele não fica *realmente* sentado em uma nuvem. Se você pudesse voar e examinar todas as nuvens que existem, não encontraria nenhum velho sentado em nenhuma delas. De fato, esta é somente uma imagem que as pessoas religiosas usam para conseguirem pensar em Deus.

De fato, embora eu fale de Deus como sendo um Ele, muita gente hoje em dia nem acha que Deus seja do sexo masculino.

Então, como é Deus, se não é um velho sentado numa nuvem? Segundo os cristãos, os judeus, os muçulmanos e pessoas de muitas outras crenças religiosas, Deus tem ao menos as seguintes três características.

Em primeiro lugar, Deus é onipotente, ou seja, *todo*-poderoso. Isso significa que ele consegue fazer qualquer coisa. Criou o universo. E poderá destruí-lo, se quiser. Deus pode ressuscitar os mortos, transformar água em vento e mandá-lo para a Lua num piscar de olhos.

Em segundo lugar, Deus supostamente é *omnisciente*. Deus sabe tudo o que há para saber. Sabe tudo o que aconteceu e tudo o que vai acontecer. Conhece nossos pensamentos. Conhece todos os nossos segredos. Até sabe que fui eu quem desci as escadas sorrateiramente na noite passada e roubei o último pedaço de bolo da geladeira.

Absolutamente nada pode ser escondido de Deus.

Em terceiro lugar, Deus, supostamente, é *todo bondade*. Deus ama-nos e com certeza jamais nos faria nada de mau.

Por que acreditar em Deus?

Claro que muitas pessoas religiosas têm *fé* na existência de Deus. Acreditam na existência de Deus sem razão. Simplesmente acreditam.

Mas, como filósofos, estamos interessados em saber se há alguma *razão* para acreditar na existência de Deus. Há alguma prova que sugira que Deus existe? É possível demonstrar por argumentos que Deus existe? Ou talvez haja alguma razão para supor que Deus não existe? São essas as questões que vamos examinar agora.

Bob e Kobir chegam

Deito-me na grama e olho as estrelas lá em cima. Depois de um tempo, ouço duas vozes a distância. Parece que estão chegando mais perto. Finalmente, reconheço quem é. São Bob e Kobir que saíram para um passeio noturno (você deve se lembrar de Kobir, o estudante de ciências do capítulo anterior).

Bob joga futebol. Veio passar o fim de semana com Kobir. Os dois estavam jogando futebol no parque.

Alguns minutos depois, chegam ao topo da colina. Cumprimentamo-nos e sentamo-nos na grama.

Explico a Bob e Kobir que estava pensando em Deus, no Big-Bang e no significado da vida.

Eles ficam bem impressionados! Bob diz que acredita em Deus. Kobir, por sua vez, diz que não acredita.

Bob e Kobir são bons amigos. Mas não há nada de que gostem mais do que discutir filosofia. Não demora muito, portanto, para que se envolvam numa discussão sobre a existência de Deus. A discussão começa assim.

Bob: Você tem de admitir, muitos milhões de pessoas em toda a Terra acreditam em Deus. Se todos esses milhões acreditam, deve haver *alguma razão* para isso, não é?

Deus existe?

Kobir: Acho que é bobagem. Milhões de pessoas acreditavam que a Terra era plana e que o Sol girava em torno da Terra. Estavam erradas, não estavam?

Bob: Tudo bem, admito que estavam erradas.

Kobir: Como você vê, a maioria das pessoas *pode* estar errada. O fato de muitas pessoas ou a maioria delas acreditarem em Deus não prova que Ele existe.

Bob: Está bem. Suponho que seja verdade que a maioria das pessoas *possa* estar errada. Mas *provavelmente* estão certas, não é?

Kobir: Não. Não se não tiverem *razão* para acreditar. E, é claro, a explicação de por que as pessoas acreditam em coisas nem sempre é a de que têm razão para acreditar. Às vezes há outra explicação.

Bob: Qual, por exemplo?

Kobir: Bem, muitos dos que acreditam em Deus são simplesmente *criados* para ter essa crença. Na verdade, acreditar em Deus muitas vezes é algo que se enfia na cabeça das pessoas desde muito cedo.

Isso explica por que acreditam.

Bob: Isso não explica por que eu acredito em Deus. Nunca ninguém me mandou para a Escola Dominical. Além disso, nem meu pai, nem minha mãe acreditam em Deus.

Kobir: Eu também diria que muita gente acredita em Deus não porque tem algum motivo para acreditar que Deus existe, mas simplesmente porque *quer* acreditar que Ele existe. Muita gente acredita em Deus simplesmente porque é agradável, é reconfortante acreditar.

Bob: Por que reconfortante?

Kobir: Bem, assusta pensar que estamos completamente sozinhos no universo, que não há nenhum significado ou propósito final para nossa existência. Assusta muito pensar que, quando morremos, desaparecemos para sempre. É muito mais *agradável* pensar que há um Deus amoroso que cuida de nós e dá alguma finalidade a nossas vidas. É muito *mais agradável* pensar que, quando morremos, não deixamos de existir, mas prosseguimos. Mas o simples fato de ser agradável, reconfortante acreditar não nos dá a menor razão para supor que seja *verdade* que Deus existe, não é?

Kobir está sendo completamente imparcial? Na verdade, de certa forma, acreditar em Deus pode tornar a vida bem *menos* confortável. Por exemplo, algumas pessoas que acreditam em Deus também acreditam no Juízo Final e no céu e no inferno. Acreditam que, depois que morrermos, vamos ser julgados por Deus e possivelmente mandados para o inferno como punição pelas coisas ruins que fizemos.

Este pensamento não é muito reconfortante, é?

Contudo, parece que a maioria das pessoas que acreditam que Deus existe quer também que seja verdade que Ele existe. Parece que obtêm bastante conforto de sua crença. Então Kobir tem razão? A maioria das pessoas acredita em Deus simplesmente porque quer acreditar em Deus ou porque foi criada para acreditar em Deus? Ou há alguma outra *razão* para supor que Deus existe? O que você acha?

Deus existe?

O argumento de Bob: o Big-Bang

Nós três ficamos deitados de costas em silêncio por alguns minutos. Ouvíamos o som do vento, que parecia assobiar entre as árvores no pé da colina.

De repente, ouvimos uma espécie de silvo seguido por um estrondo ensurdecedor. Era um fogo de artifício. Inundou o céu ao norte com milhares de salpicos prateados. Ficamos assistindo ele descer em espiral.

Bob: Vejam, eu certamente *não* acredito que Deus existe só porque é uma coisa *agradável* de acreditar. Afinal, eu gostaria de acreditar que as fadas existem, mas não acredito. Porque não há nenhum *motivo* para acreditar nelas. Não há nenhuma prova de que existem. Mas *há* provas de que Deus existe. É por isso que acredito em Deus.

Kobir: O que você quer dizer? Qual é a prova da existência de Deus?

Bob: Bem, Stephen mencionou o Big-Bang há pouco. Os cientistas não acreditam que o universo que vemos espalhado lá em cima começou com uma grande explosão, o Big-Bang?

Kobir: Acreditam.

Bob: Então, a minha pergunta é: o que provocou o Big-Bang? Por que houve um *bang* e por que não deixou de haver um *bang*?

Kobir: Não tenho idéia. É um mistério.

Bob: É um grande mistério. Afinal, tudo tem uma causa, não tem? As coisas não *acontecem sem mais nem menos*. Por exemplo, aquele fogo de artifício que explodiu alguns minutos atrás. Aquela explosão não *aconteceu sem mais nem menos*, aconteceu? Teve uma causa. Alguém acendeu o estopim, não acendeu?

Kobir: Acho que sim.

Bob: Então o mesmo aplica-se ao Big-Bang. O Big-Bang também deve ter tido uma causa. Se Deus existe, isso resolveria o mistério do que causou o Big-Bang. É por isso que é razoável supor que Deus existe. Deus explica por que o Big-Bang aconteceu. Deus acendeu o estopim!

O argumento de Bob sobre o Big-Bang é bom?

Acho que muitas vezes, quando parece às pessoas que Deus deve existir, no fundo de suas mentes há algo como o argumento de Bob sobre o Big-Bang. Na verdade, você encontra o mesmo tipo de argumento nos escritos de muitos filósofos e pensadores religiosos ao longo dos séculos.

Deus existe?

À primeira vista, o argumento de Bob sobre o Big-Bang *parece* convincente. Mas será realmente bom? O argumento de Bob fornece-nos de fato algum motivo para supor que Deus existe?

Kobir não acha.

Kobir: Acho que seu argumento não é válido. Não nos dá nenhum motivo para supor que Deus existe.

Bob: Por que não? Olhe, em suma, seu argumento é o seguinte: tudo tem uma causa; logo, o universo tem uma causa, logo Deus deve existir como uma causa do universo. Certo?

Kobir: Acho que sim.

Bob: Então, se *tudo* tem uma causa, o que causou Deus? O que O fez existir?

Kobir: Boa pergunta. É um mistério.

Bob: Então você apenas substituiu um mistério por outro, não é?

Kobir: O que você quer dizer?

Bob: Bem, ainda estamos presos em um mistério, não estamos? Começamos com a questão: Qual é a causa do universo?

Os cientistas deram-nos a resposta: o Big-Bang. Mas ainda nos sobra um mistério, não sobra? Pois há então o mistério do que causou o Big-Bang. Agora você está tentando se livrar *deste* mistério dizendo que Deus causou o Big-Bang. Mas então temos de enfrentar o mis-

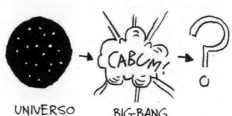

tério do que causou Deus. E assim por diante. Ainda há muito mistério sobrando.

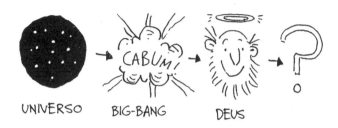

Kobir tem razão. Bob sugeriu que é razoável acreditar que Deus existe porque isso resolve um mistério: o mistério do porquê do Big-Bang. O problema é que Bob resolveu um mistério lançando outro. Mas Bob não desiste com tanta facilidade.

Bob: Tudo bem, vamos supor que Deus não tenha uma causa. Vamos supor que Deus não seja uma espécie de coisa que precise de uma causa. Se Deus não precisa de uma causa, então não há mistério sobrando.

Kobir: Agora você está se contradizendo! Começou seu argumento presumindo que *tudo* tem uma causa. Agora está dizendo que *nem* tudo tem uma causa: Deus não tem.

Bob: Mas, quando eu disse que tudo tem uma causa, não quis dizer *absolutamente* tudo. Obviamente quis dizer tudo exceto Deus.

Kobir: Então você está dizendo que há uma exceção à regra de que tudo tem uma causa: Deus.

Bob: Isso mesmo. Deus é uma exceção a essa regra.

Kobir: Mas, se é para haver uma exceção à regra, por que não tornar simplesmente o universo a exceção à regra? Que motivo você nos deu para acrescentar Deus no início do universo como uma causa *adicional*? Você não nos deu nenhum motivo. Portanto, não nos deu nenhum motivo para supor que Deus existe.

Bob: Acho que você tem razão.

Deus existe?

Kobir: Sabe, Bob, admito que *há* um mistério a respeito de onde veio o universo. Admito que há um grande mistério sobre por que há algo e não nada. Simplesmente nego que esse mistério nos dá qualquer motivo para supor que Deus existe.

O argumento de Bob sobre o relojoeiro cósmico

Bob senta-se. Começa a brincar com seu relógio. Percebe-se claramente que Bob está um pouco aborrecido com o fato de seu Argumento sobre o Big-Bang não ter afinal funcionado. Por fim, após alguns minutos, Bob tenta de novo convencer Kobir da existência de Deus. Tira seu relógio e atira-o na grama diante de Kobir.

Bob: Tudo bem, Kobir, aqui está um argumento melhor. Olhe este relógio. Imagine que você está andando em uma praia deserta numa ilha remota em algum lugar do mundo. De repente, você depara com um relógio exatamente igual a este jogado lá na areia.

Você se pergunta: como este relógio foi parar ali? Aqui estão duas sugestões. A primeira sugestão é: o relógio foi *projetado*. É uma ferramenta, feita por um ser inteligente, um relojoeiro, para um propósito específico: capacitar as pessoas a ver as horas. A segunda sugestão é: o relógio foi feito pela ação das ondas, do vento e de outras forças naturais. Estes formaram o relógio sozinhos, sem a ajuda de nenhum tipo de projeto. Qual dessas duas sugestões parece a mais convincente para você?

Kobir: É óbvio que a primeira sugestão parece mais convincente.

Bob: Você tem razão. Um relógio não é um seixo, é? Os seixos são formados sem a ajuda de nenhuma inteligência. São formados pelas forças naturais, pelo vento e pelas ondas. Mas é difícil acreditar que um relógio tenha sido feito dessa forma, não é?

Kobir: Sim.

Bob: De fato, o relógio tem um propósito claro: mostrar as horas. Portanto, não é razoável supor que deve haver um ser inteligente que o projetou para esse propósito? Com certeza deve haver um projetista, um relojoeiro, que o fez.

Kobir: Concordo.

Bob: Agora, observe meu olho.

O olho é um objeto muito complicado — bem, bem mais complicado do que um relógio ou, na verdade, do que qualquer outra coisa que nós, seres humanos, podemos fabricar. Como o relógio, o olho também tem um propósito: capacitar a criatura no qual ele se encontra a enxergar. Desempenha essa função muito bem, não desempenha?

Deus existe?

Kobir: Desempenha. O olho é uma peça de engenharia fantástica.

Bob: Então, pergunte-se: como o olho chegou a existir? O que é mais provável: o olho existir por acaso ou ter sido projetado? Certamente, visto que o olho tem um propósito ao qual é bem adequado, também deve ter tido um projetista. Deve haver um projetista — uma espécie de relojoeiro cósmico — que projetou o olho. Esse projetista é Deus.

Há algum problema no Argumento de Bob sobre o Relojoeiro Cósmico?

O que você acha do Argumento de Bob sobre o Relojoeiro Cósmico? Assim como o Argumento sobre o Big-Bang, várias versões suas têm sido levantadas ao longo dos séculos por filósofos e pensadores religiosos. Mas há alguns problemas nele.

Um problema do Argumento do Relojoeiro Cósmico é que hoje sabemos tudo sobre a *seleção natural*. A seleção natural pode explicar como os olhos chegaram a existir sem que suponhamos que tiveram algum tipo de projetista.

Seleção natural

A seleção natural funciona assim: quando alguém vai construir algo complicado como um navio, um avião ou um edifício, normalmente faz um plano. Este plano é chamado de *projeto*. O projeto mostra exatamente como o navio ou qualquer outra coisa deve ser montado.

Todas as coisas vivas também contêm uma espécie de projeto. Contêm uma coisa chamada DNA.

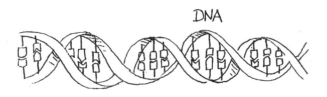

O DNA é um longo cordão de moléculas. Você encontrará um desses cordões em todas as células do corpo de uma criatura viva. O cordão contém um projeto para fazer uma criatura viva daquele tipo. Quando as plantas ou as criaturas se reproduzem, é o cordão de DNA legado pelas plantas ou pelas criaturas genitoras que fornece o projeto para formá-las.

O cordão de DNA na nova coisa viva é produzido pela cópia de partes do cordão de DNA do genitor ou genitores. Mas no processo de cópia podem se insinuar erros leves.

Em virtude dessas leves mudanças no projeto, a criatura produzida a partir dele pode ser levemente diferente de seu genitor ou de seus genitores. Pode haver leves mudanças na criatura. Essas mudanças são chamadas *mutações*. Elas ocorrem aleatoriamente.

Aqui está um exemplo. Numa criatura simples que vive no mar pode ocorrer, como mutação, uma única célula sensível à luz em sua pele.

Essa célula pode ser muito útil à criatura. Pode permitir-lhe detectar a profundidade do mar (quanto mais profundo é o mar, mais escuro fica). Portanto, nesse ambiente, a mutação proporcionaria à criatura uma leve vantagem sobre todas as outras criaturas daquela espécie.

Em outra dessas criaturas, pode ocorrer uma mutação que torne sua pele de uma cor mais brilhante. Essa mutação pode ser uma grande desvantagem para a criatura nesse ambiente, porque a torna mais visível para outras criaturas que querem comê-la.

É claro que a criatura que sofreu a mutação que a ajuda a sobreviver provavelmente é mais capaz de se acasalar e reproduzir-se do que a criatura que sofreu a mutação que a torna menos capacitada para sobreviver. Logo, a geração seguinte de criaturas provavelmente conterá mais criaturas com a célula sensível à luz e menos criaturas com a pele de cor brilhante. Essas mutações que ajudam as criaturas a sobreviver e a reproduzir-se naquele ambiente provavelmente serão transmitidas e as que tornam a sobrevivência menos provável são eliminadas.

Como são acrescentadas mutações adicionais por milhares e milhares de gerações, as criaturas aos poucos se modificam. *Evoluem* gradualmente. Adaptam-se a seu ambiente. O processo é chamado *seleção natural*.

É provável que você já tenha deparado com fósseis: pedaços de pedra que adquiriram a forma de criaturas vivas que viveram há milhões de anos. Quando você observa os fósseis, vê os tipos de mudança de que falei ocorrendo. Por exemplo, aparentemente as primeiras aves que existiram evoluíram a partir de certos tipos de dinossauro.

Até já chegamos a traçar partes de nossa árvore evolucionária. Hoje sabemos que os seres humanos compartilham um ancestral comum com o macaco. Não é por acaso que nos parecemos tanto com eles.

Então, como surgiu o *olho*? Não apareceu do nada. Evoluiu por milhões e milhões de anos. Evoluiu porque ajuda muito as criaturas a sobreviver e a se reproduzir. Talvez o processo tenha começado com uma única célula sensível à luz que apareceu em algum organismo simples que vivia no mar. Aos poucos, ao longo de muitas gerações, foram acrescentadas mais células sensíveis à luz. Dessa maneira, o olho começou a evoluir devagar até que finalmente se chegasse aos tipos de olhos ao nosso redor hoje.

Então um grande problema no Argumento de Bob do Relojoeiro Cósmico é esse. Antes de conhecermos a seleção natural, parecia difícil explicar como os olhos e as criaturas vivas em geral podiam existir na Terra. Não conseguíamos compreender como algum processo *natural* poderia produzir criaturas vivas. Por esse motivo, muita gente supunha que deveria haver um ser *sobrenatural* — Deus — que fez as criaturas. Mas, agora que conhecemos a evolução e a seleção natural, essa razão particular para acreditar na existência de Deus desapareceu.

É claro que não conhecemos *toda* a história de como a vida na Terra se desenvolveu. Só estou conjeturando como o olho deve ter evoluído. A questão é que agora podemos ver que, em princípio, a existência de todos os diferentes tipos de vida na Terra pode ser provavelmente explicada em termos totalmente naturais sem a necessidade de falarmos de alguma maneira em Deus.

Em que é razoável acreditar?

Kobir explica a seleção natural para Bob. Depois de explicar, Bob admite que o olho parece, afinal, não provar muito a existência de Deus.

Estou com muita fome. Bob e Kobir dizem que também estão com fome, então decidimos ir comer um caril no meu restaurante indiano favorito. Levantamos, sacudimos a poeira de nossas roupas e começamos a descer a colina. Há uma trilha de cascalho que estala sob nossos pés. A Lua ilumina nosso caminho, projetando sombras compridas diante de nós.

Enquanto descemos a colina, Kobir diz a Bob que ele acha que não existe *nenhum* bom argumento a favor da existência de Deus. Não existem provas da existência de Deus. Na verdade, há poucas provas, se é que há alguma, que sugiram a existência de Deus.

Bob cabeceia sua bola de futebol algumas vezes. Então aponta, com bastante correção, que, mesmo não havendo nenhum bom motivo para supor que Deus de fato existe, isso não prova que Ele *não* existe. Kobir concorda.

Bob: Mas então não deveríamos permanecer *neutros* quanto à questão se Deus existe ou não? Quero dizer que, se não podemos demonstrar que Ele existe, e tampouco podemos demonstrar que ele não existe, permanecer neutro não é a atitude mais razoável?

Kobir: Na verdade, acho que não. Acho que, se não há motivos para supor que Deus existe, então a coisa mais razoável para se acreditar é que Ele *não* existe.

Outro fogo de artifício explode acima de nós. De pé assistimos por um momento ele soltar faíscas vermelhas bruxuleantes pelo céu.

Bob: Mas por quê? Vejam, pensem na questão sobre haver ou não vida em outras partes do universo. No momento, aparentemente, não conseguimos demonstrar definitivamente que há vida por lá, mas tampouco podemos demonstrar que não há. Nesse caso, a posição mais razoável, com certeza, é permanecer neutro.

Kobir: Concordo. Acho que devemos permanecer neutros na questão sobre haver vida por lá. Mas a questão sobre Deus existir ou não é diferente.

Bob: Por quê?

Kobir: Porque, embora haja poucos motivos, se é que há algum, para supor que Deus existe, *há* algumas boas provas de que deve haver formas de vida extraterrestres.

Deus existe?

Bob: Que provas? Não descobrimos vida em outros planetas.

Kobir: É verdade. Mas sabemos que a vida evoluiu aqui neste planeta, não sabemos? E também sabemos que há milhões de outros planetas no universo, muitos dos quais são bem semelhantes ao nosso. Nesse caso, não parece improvável que a vida deva ter evoluído pelo menos em um desses outros planetas também. *Existem*, portanto, boas provas para a existência de vida por lá. Só não temos provas *conclusivas*. Por outro lado, parece-me que há poucas provas, se é que há alguma, que sugiram que Deus existe.

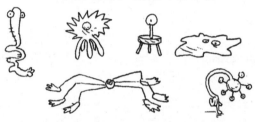

Bob dá de ombros. Não parece convencido. Então Kobir continua.

Kobir: Veja. Compare com acreditar em fadas. Se há poucos motivos — se é que há algum — para supor que as fadas existem, então com certeza é mais razoável acreditar que elas *não* existem do que permanecer neutro. Concorda?

Bob: Suponho que sim. Certamente acredito que as fadas não existem. É bobagem acreditar em fadas.

Kobir: Então, o mesmo vale para Deus. Se não há quase nenhum motivo, ou nenhum motivo, para acreditar que Deus existe, então certamente a coisa razoável para se acreditar é que Ele não existe. Não é bobagem acreditar em Deus, assim como é bobagem acreditar em fadas?

Bob sentiu-se insultado por Kobir ter comparado acreditar em Deus com acreditar em fadas. E talvez Kobir esteja sendo um tanto injusto. Afinal, um bom número de pessoas muito inteligentes acredita em Deus. E, com certeza, acreditar em Deus certamente não é bobagem no sentido de que é frívolo ou trivial: acreditar em Deus pode ter conseqüências enormes, que mudam uma vida.

Mas a questão permanece: existem mais *motivos* para se acreditar em Deus do que há motivos para se acreditar em fadas? Se Kobir estiver certo, não há. Mas então não é mais razoável acreditar que Deus *não* existe do que permanecer neutro na questão de se Ele existe ou não? O que você acha?

O problema do sofrimento

Quando nos aproximamos do pé da colina, uma forma grande, espectral, começa a surgir à nossa frente. É o hospital local. Muitas janelas estão iluminadas. Por essas janelas vemos figuras movendo-se. Em uma janela bem perto de nós, vemos uma mulher. Parece triste, como se estivesse chorando.

Quando ultrapassamos o hospital, Kobir começa a explicar por que ele acha que, na verdade, *há* uma boa prova que sugere que Deus *não* existe.

Kobir: Você deve concordar comigo, Bob, que, se não há nenhum motivo para supor que Deus existe, a posição razoável a assumir é a de que ele não existe. Mas, em todo caso, todos nós deixamos passar um dado. Você insiste em sugerir que não há

Deus existe?

nenhum motivo para supor que Deus não existe. Mas, na verdade, há.

Bob: O que você quer dizer? Que provas há de que Deus *não* existe?

Kobir pára e aponta para o hospital.

Kobir: Ali está minha prova. Supostamente Deus tem pelo menos três características, não tem? Supostamente é todo-poderoso, omnisciente e todo bondade, não é?

Bob: Isso mesmo.

Kobir: Mas há muita dor e sofrimento no mundo, não há? As pessoas pegam doenças terríveis. Muitas pessoas neste hospital neste momento estão sofrendo de doenças terríveis, dolorosas. Também há as guerras. A fome. Os terremotos. Você tem de admitir: o mundo não é um lugar muito agradável para se viver em muitos aspectos. Parece que, definitivamente, poderia ser mais agradável.

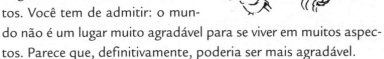

Bob: É verdade. Poderia ser mais agradável.

Kobir: O problema é: se Deus tem essas três características — se Ele de fato é todo-poderoso, omnisciente e todo bondade —, então *por que* há dor e sofrimento no mundo? *Por que* o mundo não é mais agradável?

Bob: Não estou entendendo o problema.

Kobir: Bem, se Deus é todo-poderoso — se Ele pode fazer qualquer coisa — então pode *acabar* com a dor e o sofrimento, não pode?

Bob: Suponho que poderia.

Kobir: Na verdade, poderia ter feito o mundo de forma que, em primeiro lugar, ele não contivesse dor e sofrimento, não poderia? Poderia tê-lo feito de forma que não sentíssemos a sensação de dor, por exemplo. Poderia ter feito um mundo livre de doenças. Poderia ter feito um mundo bem mais agradável para nós. Poderia ter feito a Terra como o Paraíso supostamente é. Mas não fez. *Por quê*?

Bob: Não sei. Talvez não tenha imaginado como as coisas se tornariam.

Kobir: Mas *deveria* ter imaginado. Pois Deus tudo sabe. Sabe tudo, inclusive como as coisas se tornam. Nesse caso, parece que Deus nos faz sofrer *de propósito*!

Bob: Deus jamais faria isso! Deus é bom. Nunca nos faria sofrer de propósito.

Kobir: Aí está o problema. Ou Deus não é todo-poderoso, ou Deus não é onisciente, ou Deus não é todo bondade. Mas Deus, se existe, tem essas três características. Logo, Deus não existe.

Este é um problema muito antigo, muito famoso e muito sério que os que acreditam em Deus têm de enfrentar. Os pensadores religiosos lutam com o problema há muito tempo. Vamos chamá-lo de *Problema do Sofrimento*. Ele pode ser resolvido?

A resposta do livre-arbítrio

Nós três pensávamos no Problema do Sofrimento enquanto caminhávamos. Algumas pessoas que acreditam em Deus tentaram lidar com o Problema do Sofrimento argumentando que a responsabilidade pela dor e pelo sofrimento não é de Deus, mas *nossa*. E, de fato, é precisamente o que Bob está sugerindo agora.

Deus existe?

Bob: Você está se esquecendo de uma coisa. Deus deu-nos o *livre-arbítrio*.

Kobir: O que você quer dizer?

Bob: Deus nos deu a capacidade de *escolhermos por nós mesmos* como agir. Sem o livre-arbítrio, seríamos apenas máquinas ou robôs. Simplesmente seríamos provocados a agir da maneira como agimos. Não conseguiríamos agir de outra forma. Mas *podemos* optar por agir de outra forma. Por exemplo, escolhemos subir nessa colina esta noite. Mas poderíamos facilmente ter escolhido ir ao cinema.

Kobir: Como o livre-arbítrio o ajuda a resolver o problema do sofrimento?

Bob: Bem, infelizmente, muitas vezes escolhemos fazer coisas que resultam em dor e sofrimento. Iniciamos guerras, por exemplo. Deus não pode ser responsabilizado por uma guerra, pode? O sofrimento causado por nossas guerras é *nossa* culpa, não dele.

Kobir: Mas não seria preferível Deus não nos dar o livre-arbítrio? Não seria melhor se *nos* tivesse *feito* para sempre fazermos a coisa certa? Então não haveria dor ou sofrimento. Não haveria guerras.

Bob: Não, porque então seríamos simplesmente marionetes, simplesmente robôs, não seríamos? É muito melhor termos o livre-arbítrio, apesar do fato de algumas vezes acabarmos causando sofrimento.

Um problema da Resposta do Livre-Arbítrio

Vamos chamar a resposta de Bob ao Problema do Sofrimento de *Resposta do Livre-Arbítrio*. A Resposta do Livre-Arbítrio é bem engenhosa.

No entanto, há um grande problema nela. Como Kobir aponta, um dos problemas mais óbvios da Resposta do Livre-Arbítrio é que parece que boa parte da dor e do sofrimento no mundo não é causada por nós.

Kobir: O problema com seu argumento é que nem *todo* o sofrimento do mundo cabe a nós. Tudo bem, provocamos guerras. Mas, e uma doença horrível? E uma doença como o câncer que mata milhões de pessoas todos os anos de uma maneira muito dolorosa? Como essa doença é *nossa* culpa? Como *nós* a provocamos? Ou, por exemplo, uma enchente.

Uma inundação pode afogar milhares e milhares de pessoas. Como pode ser culpa *nossa*? Aparentemente, não pode ser. Logo, não pode haver Deus.

Bob joga sua bola de futebol para cima algumas vezes enquanto pensa.

Bob: Talvez a doença e as inundações *sejam* provocadas por nós. Simplesmente não nos *damos conta* de que as provocamos.

Kobir: O que você quer dizer?

Bob: Por exemplo, talvez as inundações sejam indiretamente provocadas pelo fato de estarmos acabando com as florestas tropicais, o que causa uma grande mudança climática. Isso pode

Deus existe?

provocar uma chuva forte que, por sua vez, provoca uma inundação.

Kobir: Talvez. Mas é muito difícil acreditar que *toda* a dor e *todo* o sofrimento no mundo são de certa forma provocados por nós, não é? Como fazemos os terremotos acontecerem, por exemplo? Com certeza é muito difícil acreditar que bastaria agirmos de uma certa maneira para não haver absolutamente *nenhuma* dor ou sofrimento!

Bob: É provável que você tenha razão, acho que, se Deus existe, ele deve ser responsabilizado pelo menos por *um pouco* de nosso sofrimento.

O sofrimento é uma punição de Deus?

Bob fez mais uma tentativa para lidar com o Problema do Sofrimento.

Bob: Talvez o sofrimento que Deus provoca é com a intenção de *punir*.

Kobir: De punir o quê?

Bob: De nos punir pelos nossos pecados. Pelas coisas erradas que fizemos. Deus é bom. Ama-nos. Mas, como os pais bons e amorosos têm às vezes de punir seus filhos quando eles fazem algo errado, Deus às vezes precisa nos punir.

A sugestão de Bob fez Kobir se zangar.

Kobir: Honestamente, que sugestão terrível!

Bob: Por que terrível?

Kobir: Veja. Muitos dos desastres que ocorrem acontecem para pessoas que não podem ser culpadas de nada. Recém-nascidos, por exemplo. Mesmo que *nós* tenhamos feito algo errado, *eles* não fizeram nada errado, fizeram?

Bob: Suponho que não.

Kobir: Então por que é justo puni-*los*? Suponha que nossos tribunais tivessem de punir os bebês de adultos que cometeram crimes?

Isso não seria muito justo, seria? De fato, seria uma coisa bem *horrível* a fazer, não seria?

Bob: Acho que sim.

Kobir: Certo. Então, por que é menos horrível Deus punir os bebês dos adultos que fizeram algo errado? Com certeza um Deus bom nunca faria uma coisa tão cruel e vil.

Bob e Kobir estavam falando sobre o *Problema do Sofrimento*. O problema é: Deus é todo bondade, omnisciente e todo-poderoso, então por que há tanto sofrimento no mundo? Como você pode notar, há um problema muito sério para os que acreditam em Deus. Bob não conseguiu realmente resolver o problema. Você consegue pensar numa solução melhor?

Fé

Finalmente, nós três chegamos ao restaurante e entramos.

Deus existe?

Eu estava realmente com muita fome e pedi um enorme prato de entradas para beliscarmos enquanto decidíamos que espécie de caril pedir. Enquanto beliscava sua entrada, Bob levantou um ponto muito interessante sobre acreditar em Deus.

Bob: Está bem. Suponha que eu aceite que há poucas provas, se é que há alguma, da existência de Deus. Suponha que eu aceite que não há um bom motivo para supor que Ele existe. Na verdade, suponha que eu aceite que há até mais provas que sugerem que Deus *não* existe. No entanto, isso é irrelevante quando evoco minha crença em Deus.

Kobir: Por quê?

Bob: Porque, quando evoco minha crença em Deus, não se trata de acreditar por um *motivo*. O *motivo* nada tem a ver com isso. A crença em Deus é uma questão de *fé*. Você *simplesmente acredita*. Muitas pessoas acreditam na existência de Deus. E a fé é uma coisa muito positiva de se ter, concorda?

Bob tem razão? A crença na existência de Deus é uma coisa boa de se ter?

Vale a pena lembrar que às vezes a fé pode ser perigosa. Por exemplo, a fé pode ser usada para controlar as pessoas. Quando as pessoas deixam a razão de lado, quando simplesmente acreditam, são facilmente controladas. O líder inescrupuloso de uma religião pode se aproveitar de uma fé simples, crédula e usá-la em seu próprio proveito.

Levada a um extremo, a fé também torna difícil comunicar-se com as pessoas. Não é mais possível raciocinar ou argumentar com elas. Se as pessoas com uma fé extrema enfiam em suas cabeças que devem fazer alguma coisa terrível (talvez matar aqueles com crenças religiosas diferentes das suas), pode ser impossível fazê-las ver que aquilo que estão fazendo é errado. Não darão atenção à razão.

Por outro lado, não há dúvida de que a fé na existência de Deus pode ter um efeito positivo. Pode ajudar, e de fato ajuda, muita gente. Se você acredita na existência de Deus, isso pode ajudá-lo a lidar com algumas das coisas ruins que lhe acontecem na vida.

Também é verdade que a fé na existência de Deus tornou a vida de algumas pessoas melhor. Em vez de continuarem sendo egoístas e cruéis, tornaram-se generosas e nobres.

A fé religiosa até levou algumas pessoas a deixar de lado suas vidas para salvar outras (embora devamos lembrar que não é só quem acredita em Deus que faz essas coisas nobres e altruístas).

Logo, há coisas boas no fato de se acreditar na existência de Deus.

Deus existe?

O que isso tudo significa?

Para os que têm fé religiosa, a vida tem sentido. Estamos aqui por um propósito: o propósito de Deus. Muitos acreditam que esse propósito é amar e servir a Deus. Mas, e se não tivermos fé? E se você não acredita que há um Deus? Então o que diz sobre o sentido da vida? Se não há Deus, a vida não tem sentido?

Se não há Deus, talvez caiba a *nós* dar sentido à vida. O propósito de nossas vidas é o propósito que *nós* damos a ela. Se isso for verdade, então cada um de nós tem uma grande responsabilidade. Podemos optar por viver uma vida sem sentido ou uma vida com sentido. O tipo de vida que você vive é uma responsabilidade sua.

Jargão filosófico

ALMA Chamo de alma um objeto SOBRENATURAL feito de MATÉRIA não FÍSICA: "coisas da alma". Uma alma é capaz de existir por conta própria bem independente de qualquer coisa do UNIVERSO FÍSICO. Segundo aqueles que acreditam na existência de almas, é nossa alma que pensa, sente, é consciente, tem experiências, toma decisões, etc.

AMBIENTE VIRTUAL O ambiente encontrado dentro de uma REALIDADE VIRTUAL.

APARTHEID Um sistema no qual pessoas de raças diferentes são segregadas, normalmente porque uma raça sente ser superior à outra. Havia um sistema de *apartheid* na África do Sul até bem recentemente.

ÁTOMO Uma partícula muito, muito pequena (embora existam partículas ainda menores, partículas das quais os próprios átomos são feitos). Os átomos se agrupam e formam MOLÉCULAS. Por exemplo, uma molécula de água é formada de dois átomos de hidrogênio e um de oxigênio. Todos os OBJETOS FÍSICOS (como amendoins, montanhas e GALÁXIAS) são feitos de átomos.

BIG-BANG A enorme explosão com a qual os cientistas supõem que o UNIVERSO FÍSICO começou.

CÉLULA Todas as coisas vivas são formadas por diminutas partículas chamadas células. Por exemplo, nosso corpo é formado por bilhões e bilhões de células. Todas as células, por sua vez, são formadas por ÁTOMOS e MOLÉCULAS.

CETICISMO O ceticismo afirma que não sabemos o que podemos achar que sabemos. Por exemplo, os céticos sobre o mundo externo dizem que você não tem nenhum CONHECIMENTO do mundo ao seu redor.

CIÊNCIA Sistema de CONHECIMENTO a que se chega por meio de OBSERVAÇÃO e experiências.

CONHECIMENTO Só porque você acredita em alguma coisa não significa que você a conheça. Sua crença tem de ser verdadeira. Mas mesmo isso não basta. Muitos filósofos diriam que, para que uma crença conte como conhecimento, você também deve ter alguma RAZÃO para supor que sua crença é verdadeira.

DEUS O ser supremo que supostamente é omnisciente, todo-poderoso e todo bondade.

ESTRELA Um objeto celeste brilhante. A estrela mais próxima da Terra é o Sol. As estrelas agrupadas formam GALÁXIAS.

Jargão filosófico

EVOLUÇÃO As espécies  *evoluem*: mudam gradualmente  e adaptam-se ao longo de muitas  gerações.

FÉ Ter fé é acreditar em algo mesmo que só haja poucos MOTIVOS, ou mesmo nenhum, para acreditar naquilo.

FILOSOFIA A questão: o que é filosofia? é por si só uma questão filosófica. Os filósofos discordam sobre o que é filosofia. Neste livro, tentei passar-lhe a sensação do que é filosofia dando exemplos do tipo de questão com que os filósofos deparam.

GALÁXIA Um grupo enorme de ESTRELAS. Há mais ou menos um bilhão de estrelas em nossa galáxia, a Via Láctea.

IDENTIDADE PESSOAL O problema filosófico da identidade pessoal é o problema de explicar o que faz, por exemplo, determinado bebê e determinada senhora idosa serem a mesma pessoa.

LÂMINA DE OCKHAM O princípio filosófico que afirma que, se estamos diante de duas teorias, cada uma delas igualmente bem sustentada por uma PROVA, devemos escolher sempre a teoria mais *simples*.

MATÉRIA FÍSICA A matéria física é constituída de ÁTOMOS e MOLÉCULAS. Os OBJETOS FÍSICOS, como um amendoim, uma cadeira, este pedaço de papel, seu corpo ou a GALÁXIA são formados de matéria física.

Os arquivos filosóficos

MATERIALISMO A teoria de que só existe MATÉRIA FÍSICA: matéria feita de ÁTOMOS e MOLÉCULAS.

MENTE Se você é consciente, capaz de pensar, sentir, ter experiências, tomar decisões, etc., então você tem uma mente (embora nem tudo com uma mente tenha necessariamente *todas* essas diversas PROPRIEDADES: as mentes podem ser inconscientes, por exemplo).

MESMO — QUALITATIVA E NUMERICAMENTE Em *Será que é possível pular no mesmo rio duas vezes?*, distingo duas espécies de mesmo: numérico e qualitativo. Dois objetos são qualitativamente idênticos se compartilham todas *as mesmas qualidades*. Os objetos são numericamente idênticos se são *um único e mesmo objeto*.

MOLÉCULA Uma diminuta partícula constituída de ÁTOMOS.

MORALIDADE A moralidade diz respeito ao certo e ao errado — ao que devemos ou não fazer. Por exemplo, a maioria de nós acredita que pagar suas dívidas é certo e roubar é errado.

MUNDO FÍSICO Ver UNIVERSO FÍSICO.

NEURÔNIO O neurônio é um tipo de CÉLULA, semelhante a esta.

Nossos cérebros são constituídos de neurônios. Todo cérebro humano é formado de bilhões de neurônios entrelaçados que formam uma rede complexa.

OBJETO FÍSICO Um objeto constituído de MATÉRIA FÍSICA, como um amendoim, uma cadeira, este pedaço de papel, seu corpo ou uma GALÁXIA.

OBJETO VIRTUAL Um objeto encontrado em um AMBIENTE VIRTUAL.

OBSERVAÇÃO Nós observamos por meio de nossos cinco sentidos: visão, audição, tato, paladar e olfato.

PARAÍSO O lugar maravilhoso, SOBRENATURAL para onde vamos quando morrermos (desde que tenhamos sido bondosos), segundo muitas religiões.

PLANETA Um planeta é um grande objeto que gira em torno de uma ESTRELA. Ao contrário das estrelas, os planetas não emitem luz própria. A Terra é um planeta.

PROPRIEDADE Os objetos têm propriedades. Por exemplo, minha escrivaninha é um objeto que tem as seguintes propriedades: é feita de madeira, é marrom e pesa cinqüenta quilos.

PROVA Prova é uma informação que sustenta uma crença. Por exemplo, suponha que eu acredite que há alguém morando naquela cabana ali...

A informação de que há fumaça saindo da chaminé sustenta minha crença, torna mais provável minha crença ser verdade.

QUALIDADE Ver PROPRIEDADE.

RACIOCINAR/RAZÃO Você e eu podemos ambos *raciocinar*: podemos pensar e resolver coisas. Também conversamos sobre ter uma *razão* para *acreditar* em algo. Uma razão para acreditar é algo que *sustenta* essa crença, faz a crença ter maior probabilidade de ser verdadeira.

REALIDADE VIRTUAL Uma realidade gerada por computador, como o tipo de realidade que encontramos em muitos jogos de computador.

REENCARNAÇÃO Se você acredita em reencarnação, você acredita que, depois que a pessoa morrer, ela pode renascer com outro corpo, talvez com o corpo de uma espécie diferente de animal.

SELEÇÃO NATURAL O processo pelo qual ocorre a EVOLUÇÃO. A seleção natural é explicada no Capítulo 8.

SENSO COMUM O que a maioria de nós considera simplesmente óbvio.

SOBRENATURAL Que não faz parte do UNIVERSO FÍSICO natural.

UNIVERSO Ver UNIVERSO FÍSICO.

UNIVERSO FÍSICO O universo que OBSERVAMOS ao nosso

redor e no qual a CIÊNCIA se concentra. A única matéria do universo físico é a MATÉRIA FÍSICA.

VEGETARIANO Alguém que não come carne.

VEGETARIANO RADICAL Alguém que não come nenhum produto de origem animal.

IMPRESSÃO E ACABAMENTO
YANGRAF
GRÁFICA E EDITORA LTDA.
WWW.YANGRAF.COM.BR
(11) 2095-7722